엄마와 함께 하는

대환장 유럽여행

엄마와 함께 하는 대환장 유럽여행

발   행 | 2019년 5월 28일
저   자 | 설재민
펴낸이 | 한건희
펴낸곳 | 주식회사 부크크
출판사등록 | 2014.07.15.(제2014-16호)
주   소 | 서울특별시 금천구 가산디지털1로 119 SK트윈타워 A동 305호
전   화 | 1670-8316
이메일 | info@bookk.co.kr

ISBN | 979-11-272-7409-2

www.bookk.co.kr

대환장 유럽여행

설재민 지음

차례

여행을

시작하며

'엄마 우리 여행 갈까?' 시작은 순조로웠다. 처음엔 친구와 여행을 가기 위해 조금씩 돈을 모아두었는데, 친구의 급작스러운 외국 인턴생활로 인해 혼자라도 가야하나 고민하던 찰나, '그래 이왕이면 나도 효도나 해보자!'하는 마음으로 엄마에게 비행기 표와 숙소, 교통비용 전부 내가 내줄 테니 몸만 오면 된다고 큰소리를 쳤다. 그런데 이것 저것 여행 경비를 알아본 결과 생각보다 너무 많은 지출에 엄마한테 숙소비만이라도 내 달라고 해볼까 생각 했지만… '그래, 내가 돈이 없지, 가오가 없나.' 라는 마음으로 '딱 300 만원으로 해결해 보자!'하며 본격적인 여행 준비를 시작하게 되었다. (원래는 2 명이 가려던 여행인데, 후에 소식을 들은 이모가 중간에 합류하게 되면서 3 명의 여행이 되었다.)

이 책은 혹시나 나처럼 적은 돈으로 여행을 준비하는 사람들에게 아주 조금이라도 도움이 되고자 20 일간 300 만원만 가지고 유럽을 여행할 수 있었던 소소한 팁을 알려주려는 뜻을 가지고 있으며, 더불어 나의 어메이징한 사건들을 통해 유럽 여행시 주의해야 할 점을 알려주고자 한다.

나는 평소에도 불운을 끼고 살던 사람이었다. 발 야구 한답시고 공 차다가 지구를 차서 허벅지 근육파열, 아슬아슬 손가락에 닿을 뿐 도통 잡히지 않는 물건을 잡으려 3cm (3m x) 점프했다가 발가락 골절, 잘 쓰고 있던 우산은 접으려는 순간 산산조각, 여행만 갔다 하면 비바람에, 폭우에, 심지어 지진까지! 일반적인 사람들은 평소에 구경도 못 해 볼 신기한 사건들이 나에게 만큼은 너무 자주 일어나 오죽하면 '내 인생이 쉬웠으면 그건 설재민이 아니라 심재민이다.' 라는 말을 하고 다닐 정도였다.

물론, 이번 여행에서도 이 불운은 떨쳐내지 못했지만 덕분에 그 불운들로 이 책을 써내게 됐으니 난 그걸로 만족⋯ (못해. 엉엉)

아무튼, 여행을 준비하시는 모든 분들에게는 나의 이 작은 경험담과 정보들이 큰 도움이 되기를 바라며, 그리고 혹여 여행을 준비하지 않는 분이라도 어디 가서 돈 주고도 못들을 나의 엉망진창 여행기를 보며 같이 웃고, 울고, 안타까워 해주시기를 바라며 이 책을 쓴다.

아, 그리고 어딘가에서 내 운을 끌어 다 쓰고 계실 심재민 씨에게도 이 책을 바친다.

1장

300만원이면

충분한 20일

유럽 여행

여행일정

1일차 : 파리 도착 - 숙소 이동 후, 저녁 식사 - 크리스마스 마켓 구경 - 바토무슈 유람선 - 숙소

2일차 : 에펠탑 공원 - 점심 식사 - 룩상부르크 공원 - 판테온 - 루브르 박물관 - 저녁 식사 후, 숙소

3일차 : 베르사유 궁전 - 점심 식사 - 샤이요궁 - 개선문 - 오르세 미술관 - 저녁 식사 후, 숙소

4일차 : 샹젤리제 - 점심 식사 - 오페라 가르니에 - 옹마

5일차 : 로마 도착 - 숙소 이동 후, 점심 식사 - 나보나 광장 - 트레비 분수 - 스페인 광장 - 숙소

6일차 : 콜로세움 - 포로로마노 - 점심 식사 - 캄피돌리오 광장 - 진실의 입 - 저녁 식사 후, 숙소

7일차 : 바티칸 투어 - 점심 식사 - 산탄젤로 성 - 숙소 - 새해 카운트 다운!

8일차 : 피렌체 도착 - 점심 식사 - 피사의 사탑 - 숙소

9일차 : 두오모 성당 — 점심 식사 — 메디치 궁 — 라우렌시오 도서관 — 가죽시장 — 숙소

10일차 : 산타크로체 성당 — 점심 식사 — 우피치 미술관 — 베키오 다리 — 미켈란젤로 광장 — 저녁 식사 후, 숙소

11일차 : 베니스 도착 — 점심 식사 — 리알토 다리 — 산마르코 성당 — 저녁 식사 후, 숙소

12일차 : 부라노 섬 — 점심 식사 — 산조르조 마조레 성당 — 산마르코 광장 — 저녁 식사 후, 야간열차 탑승

13일차 : 비엔나 도착 — 숙소 이동 후, 식사 — 벨베데레 궁전 — 오페라 관람 — 숙소

14일차 : 쉔부른 궁전 — 점심 식사 — 시청사&국회의사당 — 슈테판 성당 — 합스부르크 왕궁 — 저녁 식사 후, 숙소

15일차 : 프라하 도착 - 숙소 이동 후, 점심 식사 - 하벨시 장 구경 - 천문 시계 - 까를교 야경 - 숙소

16일차 : 프라하성 - 점심 식사 - 수도원 도서관 - 바츨 라프 광장 - 저녁 식사 후, 숙소

17일차 : 체스키 이동 - 점심 식사 - 체스키 성 - 동네 산책 - 저녁 식사 후, 숙소

18일차 : 프라하 이동 - 점심 식사 - 공항 이동 - 프랑스 도착

19일차 : 프랑스 출국 - 한국 도착 (+ 1일)

＊ 이 일정은 본격 여행 전 계획했던 일정으로, 저의 실제 여행 동선과는 100% 일치하지는 않지만, 혹시라도 여행 동선을 짜는데 어려움을 겪는 분들께 조금이나마 도움이 될까 하여 애초 여행 계획 일정을 보여드립니다.

＊ 책에 나와있는 대부분의 정보는 2018년 12월 이후를 기준으로 한 정보임을 알려드립니다.

지출 경비

비행기 : 파리왕복 - 92만원 / B엘링 - 6만원

기차 : 파리 ~ 로마 야간열차 - 86.90유로 한화로 약 11만4천원 (야간 -
　　　 29유로 / 고속 - 57.90유로)

　　　 로마 ~ 피렌체 - 22.90유로 한화로 약 3만원

　　　 피렌체 ~ 피사 (왕복) - 17.2유로 한화로 약 2만2천원

　　　 피렌체 ~ 베니스 - 28.20유로 한화로 약 3만7천원

　　　 베니스 ~ 비엔나 야간열차 - 62유로 한화로 약 8만2천원

　　　 비엔나 ~ 체코 - 14유로 한화로 약 만8천원

버스 : 체코 ~ 체스키 - 14.40유로 한화로 약 만9천원

숙소 : 파리 (공항숙소 포함) - 약 40만원

　　　 로마 - 약 32만원

　　　 피렌체 - 약 44만원

　　　 베니스 - 약 14만5천원

　　　 비엔나 - 약 24만6천원

　　　 프라하 - 약 18만4천원

　　　 체스키 - 약 9만 7천원

　　　 *총 1,832,000원 (3인 기준) / 1인당 약 61만원

통합권 : 유자겸패스 - 5만원

바티칸투어 - 3인 7만원

두오모 통합권 - 18유로 한화로 약 2만4천원

유심칩 : 2만천원

* 1인당 최종 합계 : 약 2,030,000원. 나머지 100만원은 여행 중 교
통비, 입장권, 식사비용 등으로 사용.

시작은 비행기부터

내 여행이 절대 순탄치 않을 것이라는 건 어쩌면 처음부터 예견되어 있던 것일지도 모른다. 여행 경비 중 가장 많은 돈이 드는 곳이 비행기이다 보니 300만원을 맞추기 위해 비행기를 최대한 싼 값에 건지고 싶었다. 그리고 이 소소한 욕심이 어마어마한 파장을 불러 일으킬 것이라 고는 그때는 알지 못했다.

여행지도 정해졌고, 6개월이라는 넉넉한 시간도 가진 나는, 하늘스캐너로 가격을 비교해가며 매일매일 검색하던 중, 중국 D항공사에서 12월 25일에 떠날 경우 파리 왕복 58만원이라는 가격을 보게 되었다. 원래는 1월 중순쯤 여행을 떠나고 싶었으나 그렇게 되면 아무리 싸다 한들 80만원대 이상이 책정되는데 58만원이면 너무 좋은 가격이고 더구나 '크리스마스으~? 왠지 낭만적이야!'. 그렇게 뭔가에 홀린 듯이 난생처음 하늘스캐너로 대행사를 통해서 비행기표를 사게 되었다. …그래 이게 문제였다.

가장 싼 가격만 확인하고 대행사를 확인하지 않은 채 일단 결제부터 진행했는데, 결제 중 갑자기 수수료가 붙어 62만원으로 최종 결제! …어엉?! 수수료가 4만원?! 쒸익. 아주 괘씸한 마음이 들었지만 그래 62만원도 싸다고 생각하며 그저 즐거웠더랜다.

그러다 약 한달이 안 되었을 무렵 내 메일로 의문의 메일이 하나 도착했다. (하핫, 온통 영어로 가득하지만 난 배운 사람이니까 읽을 수 있어…) 내용은 비행기 예약이 취소되었으니 하루 늦게 출발하던가 아니면 자기네로 연락해서 표를 취소하라는 것이었다.

아하, 취소되었구나… 가 아니고, 이게 무슨 일 이지? 일단 정신을 차리고 항공사 홈페이지에 들어가 내 예약을 확인해 보았다. 그런데 이게 뭐가 문제인지는 모르겠으나 자꾸 내 예약이 없다고 뜨기 시작했다. (이제부터는 사지가 떨리기 시작함.) '혹시 나 사기 당한 건가…?' 별의별 생각이 다 들기 시작했고 결국 다음날 항공사에 직접 전화를 걸었다. (D항공의 전화해본 결과, D항공 측에서 6개월 후의 티켓이라 임의적으로 스케줄 조정을 하게 된 것이고 내 표는 항공사 측에 의해 취소당한 것이다. …그럼 애초에 예약은 왜 받아^_^…

너무 너무 화가 났지만, 일단은 표를 취소해 달라고 말하자 이건 대행사를 통해서 산 표이기 때문에 대행사에 직접 말을 해야 한다고 말했다.

이때부터 였을까요…? 내 여행의 징조…? 대행사에 취소를 원한다는 메일을 보냈 지만… 네, 읽지도 않 구요. 당연히 답장도 없어요. 일주일 기다렸는데 똑같아요…

점점 똥줄이 타기 시작한 나는 뒤늦게 대행사에 대한 정보를 검색해 보기 시작했다. 이야… 이런 사기꾼 놈들이…? 알고 보니 이 대행사는 악질로 유명한 곳이었다. 수수료 비용으로 3~4만원씩 떼어가는 것은 기본이고 문제가 생겼을 시 취소나 환불이 매우 어려워 환불을 포기하는 사람들이 많아 피해사례가 끊임없이 올라오는 곳이었다. (아이고…아이고… 내가 비행기 값에 눈이 멀어 120만원을 날리게 생겼 구나…) 결국 내가 해볼 수 있는 최후의 방법은 대행사에 직접 전화를 거

는 것이었다. 그런데 문제는 대행사가 스페인이었다! 영어도
막막한데 스페인어는⋯. 하지만! 난 120만원을 이렇게 날릴
수 없었다!

후욱⋯ 시방 나는 지금 위험한 짐승. 내 돈 1원도 날릴 순
없다. 다른 피해자의 조언에 따라 스카이프를 이용한 국제
전화를 걸기로 결심했다. (스카이프에 접속하면 이용권 구매가
있는데 5000원만 구입해도 3~40분은 거뜬하게 해외통화 할 수 있
습니다. 120만원을 위해서라면 5000원이 아까울까^^)

신종 인내심 테스트인가? 전화 받는 데에만 10분이 넘게 걸
린 것 같다. 오랜 기다림 끝에 전화를 받았고 예약번호를 불
러 달라 기에 알파벳과 숫자로 되어있는 예약번호를 불러줬
는데, ⋯이분들 제 말 못 알아들어요. 이때부터는 나도 같이
당황하기 시작. 허허⋯

J? 못 알아듣습니다. T? 이것도 물론. Y? 말할 것도 없어요.
이때부터 수화기 너머로 펼쳐진 대환장 파티의 향연.

"jejus 할 때 J! 오케이? T! T! D말고 T! NO D! tree할 때 T!!
아니이~ yellow 할 때 Y!!" (스페인식 영어 발음이 일반적인 영
어 발음과 약간 다르다, 흥분해서 한국말 섞어서 말해 버림)

겨우겨우 예약번호 불러서 입력했지만… 갑자기 분위기 듣기평가. 이게 영어이기는 한데, 스페인 억양과 발음이 섞여서 도대체 모르겠ㅇ…. 내가 알아들을 수 있는 건 간간히 들리는 no 와 don't 뿐… 급기야 서로 말이 안 통하자 직원은 나에게 화를 내기 시작했다.

"Maaaam!! *&%^%#%$ Please!!"

야 나도 모르겠는데 어떡하냐아!! 그러다 갑자기 상대편이 전화를 덜컥 끊어버렸다. 뭐… 이런….

결국 난 혼자서는 이 사태가 절대 해결이 안될 것이라는 걸 직감하고 다음날 영어능력자 지인에게 부탁해 다시 전화를 걸었다. (영어 능력자는 역시 듣기 평가도 남다르다.) 드디어 예약번호를 부르는 타이밍이 왔으나 지인도 알파벳은 실패. 찬찬히 내 표를 보다가 밑에 조그맣게 써져 있는 숫자로만 된 번호를 불러주었더니 예에쓰! 그뤠잇! 숫자로구나~ (여러분 예약번호를 불러 달라고 하면 알파벳 말고 숫자로만 되어 있는 걸 불러주세요. 알파벳은 훼이크.)

그렇게 모든 일이 순조롭게 진행이 되나 싶었는데 갑자기 직원이 나에게 패널티 비용을 물어내라고 말했다. 그것도 60유로를! (아니, 표는 항공사가 취소하고 돈은 내가 내라고?! 노 열척.) 지인은 내 잘못이 아니라 항공사 측에서 임의적으로 표를 취소했기 때문에 패널티 비용을 줄 수 없다고 반박하자 '그럼 취소하지 말던가!'라며 화를 내더니 무작정 전화를 끊어버렸다. (와… 스페인 인성 무엇…?) 너무 당황한 우리 둘은 서로 쳐다보며 눈 만 꿈뻑꿈뻑 하다 차라리 패널티 비용을 깎아 달라고 해볼 심산으로 다시 전화를 걸어보았다. 이번에는 다른 분이 전화를 받길래 다시 상황설명을 하고 예약 번호를 불러 주었다.

"아, 확인해 봤는데 이건 항공사 잘못이네요. 전액 환불해 드리겠습니다."
"…네? 어… 그럼 패널티 비용은 안 드려도 되나요?"
"네 물론이죠. 지금 취소 진행 해 드릴 게요."

…제가 장담하는데 이 대행사에서 당한 사람들 혹은 환불 포기한 사람들 다 아까 그 직원에게 당한 게 분명합니다. (남자였다.)

이 일은 비행기표가 중간에 사라질 뻔한 엄청난 사건이었지만 그래도 잘 마무리되었고 혹시라도 나중에 또 이런 사건이 벌어질 것을 대비해 수습이라도 빠르게 하기 위해서 결국 대행사 없이 직접 사이트에 들어가 비행기표를 사는 걸로 결론이 났다. (결국 6개월 전부터 혼자 온갖 삽질. 아, 참고로 환불은 한달 걸려 받았다는 건 안 비밀^^…)

나는 파리왕복으로 비행기표를 끊다 보니 마지막 일정인 프라하에서 다시 파리로 넘어가야 했는데 이때도 비행기를 타게 되었다. B엘링 항공이라는 저가항공을 이용했고 사실 여기도 어마무시 하게 말 많고 탈 많은 곳이다. 'B엘링은 나에게 물도주고 과자도 주었지만 가방은 주지 않았다'는 기본, 지연과 결항은 보너스 ^_^. 근데 이걸 안타면 버스로 15시간을 가야하기 때문에 사실상 울며 겨자 먹기로 타야 했다. 일단 나는 티켓가격을 살펴보면서 너무 비싸면 허리를 포기하고 버스를 타는 게 나을ㅅ…. 3만원?!

그래, 난 여기에 나의 모든 운을 걸기로 했다. (자본주의에 굴복하는 한 마리의 양) 비행기 값 3만원에 짐 추가 비용까지 하면 5만원 정도인데 난 어른들과 가니까 최대한 앞자리에 앉아서 가려고 자리지정권이 있는 옵티마 자리를 선택하고 6

만원에 결제했다. 이렇게 난생처음 겪어보는 진기한 경험과 함께 드디어 비행기 표 구입을 마쳤다.

결론: 중국 D항공 티켓은 항공사 임의대로 스케줄조정이 많이 이뤄지는 편이라 나처럼 너무 일찍 표를 사두게 되면 취소당할 가능성이 매우 높다. 그러니 싼 가격에 눈 돌아가서 나처럼 전화하다 눈 돌아가는 일은 없도록 하자^_^.

대행사 중 travel-, gogo-, trip- 등으로 시작하는 대행사는 해외 대행사이며 비행기표를 바꿀 마음이 없다면 싸게 구입할 수 있어서 좋지만 나처럼 취소되거나 혹은 날짜를 변경해야 한다면 무조건 피해야한다. 표 싸게 구입 하려다 배보다 배꼽이 더 커지는 경우가 생긴다.

만약 이게 내내 아무 문제가 없다가 해외해서 일이 발생했다면…? 와우 상상만해도 끔찍. 그러니 여러분. 그냥 비행기 표는 대행사 없이 직접 사는게 가장 좋습니다. 돈 몇 푼 아껴 보려 다가 거리에 나 앉을 뻔했네요^_^

숙소를 찾아서

숙소의 경우 엄마와 이모가 밥을 해먹었으면 좋겠다고 하기에 공기비앤비를 이용했다. 그러나 공기비앤비를 못 할 경우, 호텔을 이용해야 해서 TV광고에 나오는 유명한 사이트들을 전부 찾아보기 시작했다. 그런데 최저가를 보장한다던 광고 속 사이트들은 사실 그렇게 저렴한지 잘 모르겠…

그렇게 몇 날 몇일을 하염없이 검색해 보다가 B킹닷컴이라는 사이트를 알게 되었는데 같은 호텔이라도 이 사이트가 좀 더 저렴하다는 것을 알게 되었다! (물론 나만의 생각 일 수도…) 이 사이트의 좋은 점은 선결제를 하지 않고 현장에서 결제를 할 수 있다. 즉, 중간에 문제가 생겨 숙소를 취소하더라도 환불과정이 복잡 하지도 않고 오래 걸리는 환불과정을 기다리지 않아도 된다. (다시 말하는데 비행기표 환불하는데 한달 걸렸습니다^^. 유럽은 일 처리가 세상 느긋해요!)

더더욱 좋은 것은, 이 사이트에서 일찍 숙소를 예약할 경우 갑자기 벼락치기로 할인행사를 진행하는 경우가 종종 있다는 것이다. 나 같은 경우도 파리에서 3박4일을하려니 아무리 싸다 한들 40만원이 훌쩍 넘는 금액을 예상했어야 했다. (3인 기준) 그러던 중, 괜찮은 위치에 평점도 좋은 숙소가 할인 이벤트를 진행하는데 가격이 26만원?! 그래. 잠만 자고 나오면 되는 거 침대 있고 따뜻한 물만 제대로 나오면 되지 뭐 더 이상 따질 게 있는가? 당장 결제. (고객님께서 할인율을 얻으셨습니다. +1)

이런 경우에는 방을 많이 내놓는 것이 아니기 때문에 빠른 스피드가 필요하며 적어도 5~6개월 전에 알아봐야 쏠쏠하게 건질 수 있다. 일찍 일어나는 새가 벌레를 잡듯이, 일찍 검색하는 자가 할인을 얻는 법! 혹시나 싶어서 출국 한달 전에도 이런 비슷한 행사를 할까 싶어서 사이트에 다시 들어가 보았지만 당시 내가 알아보았던 금액의 2,3배 정도로 가격이 올라있었기 때문에 숙소만 큼은 부지런히 일찍 구하는 게 제일 좋다.

공기비앤비의 경우도 일찍 예약 해 두는 것이 좋긴 하지만 딱히 큰 할인율이 있는 것은 아니다. 단지 내가 원하는 날짜에 다른 사람이 먼저 신청하는 것을 막기위해 일찍 하라는 것이다. 그렇다면 공기비앤비는 어떻게 해야 싸게 구할 수 있을까?

호스트를 처음 하는 집을 노려라! 공기비앤비는 후기가 좋은 슈퍼 호스트들이 따로 존재하는데 이런 곳들은 믿을 수는 있지만 대신 가격이 비싸다는 단점이 있다. 어떤 때는 고급 호텔보다도 가격이 비싸기도 하다. 그러나 처음 집을 내놓게 되는 호스트들은 손님을 모으기 위해 할인행사를 진행하게 되는데 예를 들어 '우리집을 처음 방문하는 3명의 게스트에게는 방값을 30% 할인해 드립니다.'와 같은 것이다. 대신 다른 사람들의 후기가 없다는 것이 불안하기는 하지만, 새집이기 때문에 오히려 집안이 깔끔하고 물건들도 사람들의 손이 덜 타서 깨끗하다는 장점이 있어서 나는 숙소비를 아끼기도 할 겸 종종 일부러 이런 호스트의 집을 선택한다.

아무튼 이런 집을 찾은 결과 숙소 값 사악하기로 유명한 로마에서 원래는 3박에 47만원 이상이었어야 할 숙소비가 32만원으로 줄어들게 되었다! (고객님께서 할인율을 얻으셨습니다. +2)

또한, 공기비앤비로 예약할 경우 알아 두면 좋은 점이 있는데, 공기비앤비는 자신이 사는 집을 내어주는 것이기 때문에 호스트가 특정날에는 게스트를 거부하는 일이 있다. 보통 큰 연휴 기간에 그러한데, 그렇다. 내가 거부당했다^^. 나는 1월1일에 피렌체에서 머물러야 했는데 다들 집에서 파티를 한다고 안 빌려주겠다고 해서 결국 큰 돈 내고 슈퍼 호스트 집으로 들어갔다. 눈물이 앞을…

아무튼 공기비앤비는 이런 경우가 있으니 덜컥 예약 부터하고 돈부터 보내지 말고 일단 호스트에게 방문할 날짜를 알려주며 가능한지 메시지를 보내 물어보는게 가장 좋다!

주의할 점 유럽은 관광객들에게 CITY TAX를 따로 받는다. 보통 하룻밤에 1~4유로 사이이다. 그러니 숙소비를 계산할 때 얘도 포함해서 잘 따져봐야 한다. 나는 30만원을 예상했는데 실제 결제는 45만원이 될 수도 있다.

아니, 도대체 세금은 숙소 주인이 내야지. 왜 관광객들이 내는지 모르겠다고 말하지만 카운터 앞에서 순한 양처럼 CITY TAX를 내고 있는 당신을 보게 될 것이다. 세금 받아라. 메에에

기차 전쟁

    나라 간 이동, 혹은 나라 내에서 이동시 기차는 필수다. 나는 파리-로마, 베네치아-비엔나의 야간열차 2번, 이탈리아 내에서의 고속열차 4번, 비엔나-프라하 고속열차 1번으로 총 7번의 기차를 예약했다. 유럽 기차는 한국과는 다르게 가격이 정해진 것이 아니라 선착순으로 가격이 저렴하고 출발일에 가까워질수록 비싸지는 그런 시스템을 가지고 있다. (손님과 가격 밀당을 하는 특이한 구조.) 그렇기 때문에 땡 하고 기차표가 풀리면 너도나도 싼 기차표를 구하기 위해 흡사 전쟁과 같은 상황이 벌어진다. 유럽 여행에서는 비행기표 다음으로 이 기차표를 절약해야 하는 것이 관건이다. (고속열차가 상당히 비싸요⋯)

나는 주로 이탈리아에서 기차를 타기 때문에 정보를 알아본 결과, 이탈리아 내에는 크게 트랜이탈리아, 이딸로 두가지 종류의 기차가 있으며 트랜이탈리아는 공기업, 이딸로는 민간기업이 운영한다. 그렇기 때문에 이딸로의 시설이 더 좋고 트랜이탈리아는 우리나라 무궁화 열차 수준이라는 정보가 있는데, 내가 둘다 타 본 결과 둘다 시설은 똑같다. 노 프라블럼. 그리고 트랜이탈리아가 이딸로에 비해 2~3유로 싼편이라 나는 주로 트랜이탈리아를 이용했었다. (시설 따지기 전에 조금이라도 싼 티켓 잡는 게 더 개이득.)

기차표를 싸게 잡기 위해서는 기차표가 풀리는 시간을 알아두는 게 유리한 데 보통 3~4개월 전 아침 8시에 표가 풀린다. 그리고 회원가입을 해 두지 않으면 비회원으로 구입시 결제 오류가 너무 많이 나서 결제를 할 수 없다는 말에 착실하게 회원가입도 완료. (그런데 당일 날 비밀번호 까먹어서 결국 비회원으로 산 건 안 비밀. 비회원으로 구매해도 단 한번도 오류 난 적 없음.)

모든 준비를 마친 후 4개월 전의 그날. 난 아침잠이 많아서 절대 8시에 일어나지 못할 것이라는 걸 알기 때문에 밤을 새서 8시까지 버텼다. '절대 질 수 없다. 반드시 싸게 가고 싶다.' 정신줄 붙잡고 8시에 홈페이지를 딱!!! '…잉? 뭐야, 왜 안떠…? 아, 그렇다면 3개월전에 열리는게 맞는 정보인

가? 오케에⋯ 한달 뒤에 들어오지. 챠오.'

그렇지만 난 쫄보라서 한달 뒤에 들어왔다가 표 다 팔려 있
을 까봐 그날부터 매일매일 들어가 확인하기 시작했다. (집념)
한 주 한 주 지나도 도대체 열릴 기마가 보이질 않다가 어느
날 12월 8일까지의 표가 풀린 것을 보고 '아 이제는 한 주
씩 풀리나 보다'하고 마음을 놓았는데, ⋯그게 화근이었다.
추석을 맞이하여 놀고먹느라 딱 5일간 확인을 하지 않았다.
5일째 되는 날 왠지 꺼림칙한 마음에 '설마 떴겠어어~?'하는
마음으로 사이트를 들어갔는데, ⋯까꿍^_^?

나를 송편으로 유혹 해놓고! 너는 기차표를 풀어?!
내 두 눈이 잘못된 게 아닌가 더듬어 봤지만⋯ 네, 고객님.

기차표입니다^^. 심지어 기차표가 날짜대로 풀린 게 아니라 중구난방으로 풀려버려서 9월 27일에 1월 1일, 4일, 8일 표를 샀다. 좀 비싸게…

뭐어?! 정확히 4개월전? 3개월전이요? 누구 인가? 누가 거짓부렁 정보를 흘렸어? 저 말 믿고 진짜 한달 뒤에 들어왔으면 기차 값 폭탄 맞을 뻔 했수다. (쉬익)

결국 언제 풀릴지 모르는 기차표에 다시 미어캣 모드를 장착했고 무조건 3개월 전에 열린다던 파리-로마 야간 열차는 12월 28일에 출발인데 10월 19일에 사게 되었다.

원래 이 기차는 파리-밀라노-베네치아 행이라서 나는 밀라노에서 로마로 가는 기차로 바꿔 타야 했는데 표가 너무 늦게 열리는 바람에 10시간 넘게 걸리는 야간열차는 6인실 29유로로 싸게 잘 사 놓고는 2시간 반 걸리는 밀라노-로마 구간을 58유로에 구매했다는 슬픈 전설이…

가장 심각했던 것은 1월 5일에 타야 할 베네치아-비엔나 야간열차가 진짜 마지막의 마지막까지 열리지가 않았다는 것이다. 출국 한달 남았는데 난 아직까지도 표를 구하지 못했고… 이러다 헤엄쳐서 국경 넘어갈 판… 결국 한달 전 트랜이탈리아를 버리고 동유럽 열차인 OBB로 예약을 해버렸다. 보통 여행객들은 비엔나에서 베네치아로 넘어오기 때문에 나처럼 베네치아에서 비엔나로 넘어가는 정보가 거의 없었는데 겨우 찾아본 정보에 의하면 베네치아-비엔나 구간은 무조건 트랜이탈리아 로만 이동이 가능하다는 것이었다. '그런데 이상하게도 OBB에서 베네치아-비엔나 구간을 팔고 있단 말이지… 그렇다면 이걸 타고 갈수 있으니까 표를 파는 거 아닐까…?' 나는 모험을 강행하기로 했고 결과는 내가 맞았다!

단, 메일로 보내 진 QR코드가 새겨져 있는 티켓을 뽑아와야만 탑승이 가능하다. 만약 당일 날 베네치아 역에서 티켓을 구입하거나 예약번호만을 알아온 채 현장에서 실물티켓을 받아야하는 경우라면 오직 트랜이탈리아 만을 이용해야 한다. 나는 결제 후 티켓을 메일로 보내 놓고 실물 티켓을 뽑아 왔기 때문에 아무런 문제없이 탑승 가능 했던 것이다. 게다가 OBB열차가 트랜이탈리아 보다 10유로 정도 가격이 저렴하고 탑승 시 물도주고 빵도주고 커피도 준다. (이런 혜자로운 기차^^) 아, 그리고 OBB의 경우 3개월 전에 잘 열리므로 애간장 태우지 않아도 된다. 난 비엔나에서 프라하로 넘어갈 때 한 번 더 이용했는데 빨리 들어갔더니 14유로에 표를 건지기도 했다.

아, OBB는 결제하는 마지막 부분에 3유로를 추가하라는 안내가 나오는데 이건 3유로를 더 내면 자리 지정권을 주겠다는 말이다. 이것은 표를 사면 자동으로 자리를 지정해주는 한국과는 다른 시스템이다. (여행객들 등골 빼먹는 창조적 발상) 비수기의 경우에는 여행객이 많지 않으니 딱히 할 필요는 없지만 성수기에는 무조건 하는게 좋다! 성수기에 여행했던 내 친구는 3유로 아껴 보려 다가 도가니를 잃을 뻔했다고… 자리를 지정하지 않으면 나머지 자리를 두고 서로 눈치싸움을 해야 하거나 눈치싸움에 성공해 자리에 앉았더라도 중간에 자리 주인이 나타나면 비켜줘야 해서 3시간동안 서서 간적도 있다고 한다.

또한 성수기 여행객들의 말을 들어보면 성수기 시즌에는 3~4개월 전에 정확하게 표가 풀리는게 맞다고 한다. 그러나 비수기의 경우에는 나처럼 불규칙하게 풀리는 경우가 있으므로 못해도 3개월 전에는 매일매일 확인해 보는게 좋다. 또, 비수기라 할지라도 크리스마스~1월1일 시즌에는 유럽도 민족 대 이동이 시작되는 시기이므로 다른 때 보다는 기차표가 5유로정도 비싸다.

…그래요. 제가 이 기간에 눈치없이 참전했어요… 덕분에 여기저기 유혈사태가…쿨럭…

결론: 기차표 구입시 회원가입은 굳이 하지 않아도 된다. 비수기에는 기차표가 풀리는 때가 불규칙하니 잘 확인을 하자. QR코드가 새겨진 티켓을 가지고 있다면 베네치아~비엔나 구간 야간열차도 OBB열차로 탑승이 가능하다. 민족 대이동 시에는 눈치 없게 나서지 말자^_^

통합권과 각 국 교통권

사실 유럽은 박물관투어를 간다고 생각해도 좋을 만큼 곳곳에 유명한 박물관이 자리잡고 있다. 그렇기 때문에 박물관과 유명 관광지를 돌아볼 것이라면 통합권 혹은 패스권을 미리 구매해서 가야한다.

파리에서는 뮤지엄 패스권을 사용할 수 있는데 이걸 소지하면 해당 기한내에 패스권에 해당되는 박물관과 관광지를 돌아볼 수 있다. 패스권에는 2일권과 4일권이 있으며 보통 2일권의 경우 판매처마다 가격이 다르기는 하지만 6~7만원선에서 구입할 수 있다. 나는 여기저기 가격을 비교해 보다가 할인혜택을 받아 한사람당 5만원에 구입했다. 이 패스권은 파리 시내에서도 구입 가능하지만 현지에서 사는게 오히려 더 비싸다.

나는 뮤지엄 패스권을 이용해 루브르박물관, 오르세 미술관,

개선문, 판테온, 베르사유 궁전, 노트르담 성당을 이용했고 만약 패스권 없이 각각 입장료를 사서 들어가야 했다면 루브르-15유로, 오르세-14유로, 개선문-12유로, 판테온-9유로, 베르사유-18유로, 노트르담-10유로로 총 78유로가 소비되는데 이는 한화로 약 10만원에 해당한다. 그렇기 때문에 여러모로 뮤지엄패스가 이득인 셈이다.

루브르 박물관과 오르세 미술관의 경우는 세계적인 박물관이기 때문에 아무리 아침 일찍 도착한다고 해도 어마어마한 대기줄을 기다려야 하는데 루브르 박물관의 경우 수요일, 금요일에 저녁 9시 45분까지 야간개장을, 오르세 미술관은 목요일에 저녁 9시 45분까지 야간개장을 진행하므로 일정을 맞출 수 있다면 저녁 즈음에 방문해서 느긋하게 관람하는 것도 하나의 좋은 방법이다.

피렌체의 필수 코스는 바로 두오모 대성당에 들르는 것인데 이 두오모 대성당의 쿠폴라와 종탑에 올라가기 위해서는 반드시 두오모 통합권이 필요하다. 두오모 쿠폴라의 경우는 올라가는 시간까지도 정해야 하므로 꼭! 시간을 지정해서 예약해야 한다. 방법은 두오모 홈페이지에 들어가서 쿠폴라

예약하기를 누르면 예약 날짜와 예약시간을 누르는 것이 나오고 그 다음 결제를 진행하면 된다. 가격은 18유로이다. 이 통합권으로 지하 예배당, 세례당, 박물관 등 총 6곳을 둘러볼 수 있으며 72시간 내로 사용할 수 있으니, 제발 하루에 쿠폴라와 종탑 한꺼번에 오르는 무모한 짓은 마세요… 다리 힘 풀려서 휘청대는 몇몇분들 제가 봤습니다… 그리고 티켓은 꼭 바코드가 포함된 부분을 출력해 와야 합니다.

네, 제 앞에서 엉뚱한 티켓 들고 있다가 거부당하는 분 제가 또 봤어요. (웃지마. 네 얘기야.)

자, 통합권을 다 준비했다면 이제 각 국의 교통권에 대해 알아보자.

파리의 경우 1회권, 1일 무제한 권, 파리 비지트, 나비고 등등 여러가지의 교통권이 있는데 복잡하니까 그냥 이것만 기억해 두면 된다. 1회권의 까르네와 일주일, 한달 무제한 권의 나비고.

까르네는 1회당 1.90유로이며 10개 묶음을 사면 14.90유로로 4.10유로가 절약된다. 파리의 지하철은 1-5존으로 구역이 나눠져 있는데 까르네는 1존만 사용할 수 있으므로 다른 구역을 가려면 직접 목적지를 입력해 사는 Billet-lle-de-

France 표를 구입하면 되며 가격은 출발하는 역에 따라 다르다. 혹시, '까르네로 베르사유 궁전 갈 수 있나요?'라고 물어본다면, 네 안됩니다.

다음은 일주일, 한달 무제한권 나비고이다. 사실상 파리에 3일이상 묶을 예정이며 베르사유 궁전을 다녀올 계획이라면 일주일권 나비고를 사는게 제일 맘 편하다. 존에 상관없이 전부 자유롭게 사용 가능하며 가격은 22.80유로이다. (한달권은 75.20유로) 주의할 점은 카드 뒤에 본인 얼굴이 나온 사진을 붙여야 하므로 사진은 필수!

또 한가지 더! 나비고 일주일권은 시작 요일이 월요일이다. 즉, 토요일에 나비고를 샀다면 일요일까지 밖에 사용 못하므로 그대는 아주 비싼 교통비를 지불하게 되는 것이야^^ 꼭 요일을 따져보고 사야 하며 한달권의 경우 매달 1일부터 마지막 날짜 까지만 사용 가능하다.

유럽의 모든 교통권은(기차도 포함) 꼭 펀칭을 해야 사용할 수 있으며 지하철의 경우는 개찰구 앞에, 버스는 버스 안 곳곳에 노란색 박스가 설치되어 있으므로 티켓을 입구에 집어넣으면 알아서 날짜와 시간이 찍혀 나오게 된다. 나비고의 경우는 첫 개시 때 단말기에 찍기만 하면 되므로 일일이 찍지 않아도 괜찮다.

만약 펀칭을 하지 않았는데 사복을 입은 검사원이 무작위로 검사해 들켰다면 어마어마한 벌금이…(그들은 절대 외국인을 봐주지 않아요. 몰랐다고 우겨 봤자 씨알도 안 먹힘^^)

나같은 경우, 20일 여행내내 티켓검사원은 마주치지 않다가 베르사유 궁전을 보고 돌아가는 길에 딱 한번 마주쳤다.

보통의 교통권은 지하철이 있는 곳에서 구입할 수 있지만 나비고의 경우는 파는 곳이 정해져 있는데 웬만하면 파리 도착 즉시 공항 제2터미널에 만드는 것이 가장 좋다. 만약 나비고를 만들지 않고 바로 교통수단을 이용하게 되면 공항에서 시내까지 교통 편도 요금 10유로가 넘는 금액을 지불해야 한다.

파리공항에서 시내로 넘어가는 경우 주요 관광지가 몰려 있는 개선문이나, 몽파르나스 쪽에 대한 이동 방법은 아주 자세하게 나와있는데 내 숙소가 위치했던 파리 동역으로 가는 방법에 대해서는 잘 나와있지 않았다. 그래서 비행기를 타고 가는 동안에도 어떻게 가야하나 걱정을 많이 했는데 도착 후, 공항 제2터미널 밖으로 나가면 버스정류장이 쭉 나열 되어있고 그곳에서 350번 버스를 타면 파리 동역까지 바로 갈 수 있다는 정보를 얻게 되었다! 물론 나비고 이용 가능! (여러분, 혹시 저처럼 파리 동역을 가셔야 하는 분들 제2터미널에서 350번버스입니다. 실제로 제가 탔고 약 40분정도 걸려 도착했습니다. 비싼 공항 버스 타고 이상한 곳에 내리지 않아도 됩니다!)

로마의 교통권은 1회권(100분), 24-48-72시간권, 일주일권으로 나눠져 있으며 1회권은 1.5유로 나머지는 각각 7유로, 12.5유로, 18유로, 24유로다. 나는 로마에서 총 5번만 대중교통을 이용했기 때문에 그때 그때 1회권만 구입해서 사용했다. 로마에서는 곳곳에 티켓 파는 곳을 찾을 수 있다고 해서 정말 그 말만 믿고 처음에 딱 1장만 사두었다가 후에 엄청난 후폭풍이… 생각보다 티켓파는 곳을 찾기 힘들고 큰 정류장에는 티켓 발권기가 있지만 대부분 작은 정류장에서는 눈을 씻고 봐도 티켓 발권기가… where…?
또 한번은 지친 몸을 이끌고 저 멀리 큰길까지 나가서 길을 헤매다가 겨우 티켓 발권기를 찾았는데, 세상에… 지폐 넣는 곳이 고장 났어…

동전이 얼마 없어서 근처 가게를 돌며 잔돈을 바꿔 달라 부탁해 봤지만, 와… 이 동네 세상 정 없더라 즌차…. 절대 안 바꿔줘.

다음날에도 고생하기 싫어서 표를 한꺼번에 사 두려 다가 결국 그것도 못하고 없는 동전 싹싹 긁어 모아 겨우 한 장씩 구매해 겨우 집에 돌아왔다. (여러분 로마에서는 티켓 발권기가 보이면 넉넉하게 사둡시다. 나중에 개고생 하기 싫으면^_^)

피렌체의 경우는 도시가 워낙 작기 때문에 웬만한 관광지는 10분내로 걸어 다닐 수 있었으므로 교통권은 굳이 살 필요가 없다.

베니스는 물의도시이기 때문에 교통수단도 바포레토 라는

수상버스를 이용하는데, 와… 진짜 제일 사악한 곳이에요. 진짜 비싸요.

1회권(75분)이 7.50유로 24시간권이 20유로, 48시간권이 30유로, 72시간권이 40유로, 일주일권이 60유로이다. 일단 베네치아 기차역을 빠져나오면 바로 앞에 판매부스가 있으니 역시나 먼저 사두는 게 가장 좋다.

나는 다음날 부라노에 갈 예정이었기 때문에 24시간권을 샀는데 혹시 저녁에 애매한 시간에 펀칭을 하면 다음날 부라노에 가서 시간제한으로 무임승차에 걸릴 까봐 결국 샀던 당일 날 개시도 못해보고 다리 아프다며 드러눕겠다는 두 양반을 '아이구 안 힘들다. 우쭈쭈~ 저어 만큼만 가면 숙손데~'하며 어르고 달래기 스킬을 시전했다. 교통권 하나 마음대로 사주지 못해 미안해. (파흐흑) 아무튼 그날 그 넓은 베니스를 계속 걷게 만들 만큼 가격이 사악한 동네였다.

비엔나의 교통권은 1회권은 2.4유로, 24시간권은 8유로, 48시간권은 14.1유로 72시간권은 17.1유로이다. 비엔나에 도착해서도 로마와 같은 상황이 벌어지는 걸 방지하기 위해 기차역에 도착한 후 우리가 쓸 교통권을 한번에 구입한 후 숙소에 들어갔다. (좋아 계획대로 되고 있어.)

몇시간 후, 본격 관광을 하기위해 지하철역에 들어가 펀칭 기계 앞에 섰는데, '…음… 뭐지…? 교통권이 도대체 왜 펀칭 기계 보다 큰 거지…?' 펀칭 기계보다 한참이나 사이즈가 큰 티켓을 이리저리 돌려가며 구겨보다 지나가는 옆사람의 티켓을 봤는데, '…작아? 티켓이 나보다 작다고…?!'

그제서야 뭔가 가 잘못됐음을 인지했다. 다른 사람과 내 티켓의 크기가 다르다는 건 내가 무언가를 잘못 뽑았다는 얘기! 아까 그 기차역에 인포메이션이 있었으므로 그곳에서 문제를 해결하기위해 우리는 기차역으로 다시 되돌아 갔다.

"제가 아침에 표를 6장을 샀는데요. 이게 펀칭 기계에 들어가질 않아요. 잘못 산 것 같은데 환불 해주 실 수 있나요?"

"오우… 표를 산지 20분이 넘었기 때문에 해줄 수 없어요. 미안해요."

"…네?! 저 외국인이라서 몰랐어요. 해주면 안되나요?!"

"응. 안돼 돌아가^_^"

그는 친절한 단호박이었다. 알고 보니 비엔나의 경우 2가지 티켓이 있는데 기차역처럼 큰 곳에서 티켓을 사게 되면 그 날 당일만 사용가능한 날짜가 찍힌 1일권이 나오는 것이고 (키다란 티켓), 지하철처럼 교통수단이 있는 곳에서 사게 되면 당일권이 아닌 펀칭을 할 수 있는 작은 티켓이 나오는 것이다. 내가 이 티켓을 여러 개 샀어야 했는데 잘 몰라서 당일 권인 큰 티켓을 몽땅 사버린 것이다.

덕분에 나의 30유로는 공중분해… 나의 피 같은 30유로… 안녕… (여러분 로마에 속아 비엔나에서는 섣부르게 티켓을 먼저 사두지 맙시다. 눈에서 피 나오는 거 같으니까^_^)

체코의 경우는 30분권은 24코루나, 90분권은 32코루나, 1일 권은 110코루나, 3일권은 310코루나이다. 체코도 걸어서 웬 만한 관광지를 돌 수 있으며 나는 프라하성을 갈 때에만 30 분짜리로 2번 탑승했다. 또 마지막날 안델역에서 프라하 공항을 가려고 90분권을 사용했는데, 체코는 특이하게 짐을 들고 있으면 16 코루나의 캐리어 티켓을 따로 끊어야 하는데 사실, 이 티켓은 굳이 끊지 않아도 된다. 현지인들은 캐리어 티켓이 있는지도 모르더라. (소곤소곤)

아, 그리고 프라하 시내에서 공항 가시려는 분들! 중앙역까지 가셔서 힘들게 돌아가거나 혹은 안델역에서 191번 타고 한시간 넘게 가시는 분들! 힘들게 그러실 필요 없습니다. 안델역에서 지하철 타고 zlicin역으로 가서 100번버스를 타면 30분정도면 아주 쉽게 공항에 도착할 수 있습니다!

+보너스 : 프라하에서 체스키 크롬로프로 가는 스튜던트 에이전시 버스 타기!

프라하에서 체스키 크롬로프로 가기 위해서는 버스를 예약해야 하는데, 프라하 중앙역이 아닌 안델역에서 출발하는 스튜던트 에이전시 버스를 예약하는 방법을 알려주려 한다. 보통 2달 전부터 예약할 수 있으며, 스튜던트 에이전시 홈페이지에 들어 간 후, 출발은 프라하 Na Knizeci로 도착은 Chesky krumlov, AN으로 하면 된다. (돌아올 때도 마찬가지) 체스키에는 2개의 정류장이 있으므로 꼭 AN으로 선택해야 한다.

맨 첫번째 줄은 자리가 좁고 34,35번 좌석은 화장실 바로 뒷자리라 냄새가 나므로 보통 두번째, 세번째 자리가 가장 인기가 좋다. 우리나라 버스와 달리 승무원이 같이 탑승하며 커피와 핫초코 중 음료를 하나 타주는데 사실 여기는 핫초코 맛집이다. (전 몰라서 커피 마셨어요… 누가 저 대신 핫초코 좀 먹어줘요…) 프라하에서 체스키까지는 대략 2시간 30분정도가 소요된다.

최종준비 유심칩

모든 준비가 대충 완료됐다면 이제 마지막으로 준비해야 할 유심칩에 대해 알아보자. 예전엔 비싼 돈 내고 로밍을 했는데, 요즘은 데이터 칩만 따로 사서 간단하게 핸드폰에 끼우기만 하면 저렴하게 이용할 수 있다. 최근 들어 해외 로밍도 가격이 많이 저렴해지기는 했지만 로밍은 일정 데이터를 쓰고 나면 속도가 급격히 느려 진다는 단점이 있다. 그래서 이러저러한 점을 비교했을 때 아무래도 유심칩이 더 나을 것 같다는 생각에 구매를 하려고 보니 이게⋯ 생각보다 종류가 너무 많다.

일단, 가장 유명한 유심칩은 ee심, 쓰리심, 보다폰, o2 정도가 있다. 후기에 의하면 ee심은 속도는 빠르나 데이터 닳는 속도도 같이 빠르고, 쓰리심은 ee심에 비해 좀 느린 편이다. o2는 독일에서는 안 터지며, 보다폰은 품질은 좋으나 가격이 비싸다. 여러가지 장단점을 비교해 가며 도대체 뭘 사야하는 건가 고민하던 차에 'o2유심칩 8기가를 사면 데이터 3배 추가!' 이벤트를 보게 되었다.

자고로 울 엄니께서 항상 말씀하시길,

"싼 것은 절대 싼 것이 아니다. 싸게 주는 것에는 다 이유가 있는 것이니…"

-결제를 완료하였습니다-

껄껄. 싼 게 최고야. 양 많으면 더 최고야. 사람들은 일반적으로 한달 여행을 예상했을 때 6기가를 주로 사며 가격은 3~4만원대이다. 그런데 나는 24기가를 2만천원 주고 샀으니 개 이득. (당신은 현명한 소비자)

설마 이런 걸로 사기 당할까 싶어서 약간, 리를, 걱정을 하긴 했지만 결과적으로는 굉장히 흡족하게 잘 쓰고 돌아왔다. 갑자기 먹통이 되거나 하는 불상사는 일어나지 않았고 속도도 매우 만족. 구글지도도 잘 찾아줬고 너무 풍족한 데이터 덕분에 매일 밤마다 너튜브도 맘껏 보는 호사도 누렸다.

하루 종일 구글로 지도 찾고, 가끔 인터넷 서핑, 동영상은 보고싶은 만큼 봤는데 나중에 확인해보니 20일동안 6기가를 조금 넘긴 정도였다.

'나는 도대체 얼만큼의 데이터를 사가야 하나' 하는 분들이 계시다면 인터넷 서핑과 동영상은 최소로 한다는 전제하에 한달에 6기가면 충분할 듯싶다. 당시 독일에 6개월동안 지내던 친구의 말에 의하면 보다폰이 가장 빠르고 잘 터진다고 추천해주기는 했지만 내가 써 본 결과 이거나 저거나 성능은 별 차이가 없으니 이왕이면 부담도 줄일 겸 저렴한 유심칩을 구매하는 것도 나쁘지는 않은 듯하다.

마지막으로 여행 준비 막바지에 꼭 챙겼으면 하는 것이 있다. 여행 일정, 숙소의 위치와 주소, 전화번호, 식당의 위치와 주소, 간단한 인사말 정도는 PDF파일로 만들어 핸드폰에 저장해 두면 여러모로 쓰임새가 많다. 어쩔 수 없이 여행 중 구글지도에 많이 의존하게 되는데 그럴 때 마다 주소만 복사해서 쓰면 쉽게 길을 찾을 수 있고 숙소 위치 등을 캡쳐해 두면 대략적인 위치를 잡는 데에 도움이 된다.

혹시 택시를 타거나, 길을 잃어버렸을 경우에 주소를 내밀어 보인다면 어느새 길을 안내해주고 있는 현지인의 등을 보게 될 것이다. 만약 핸드폰을 잃어버릴 위험이 있다면 차라리 책자로 인쇄하는 것도 좋은 방법이다.

자, 이제 준비를 다 마친 것 같다. 지금부터는 본격적인 여행을 시작해 보자!

2장

본격

붉은 대방출

공포의 파리

내 여행은 시작부터 스펙타클 할 뻔했다.

'요즘 파리가 위험하다는데 알고 있어?' 출국 2주전 여기저기서 같은 내용의 문자가 계속해서 왔다. 파리에서 일명 노란 조끼 부대로 불리는 시위단체로 인해 많이 뒤숭숭하니 조심하라는 것이었다. 처음엔 시위가 한 두 번 진행되다 말겠지 싶어서 관심을 두지 않았는데 이게 점점 과격시위로 변해가며 일부 관광지와 박물관의 휴업, 일부 교통 노선까지 폐쇄됐다는 소식에 점점 불안해지기 시작했다.

심지어 친구의 아는 사람이 그 시기에 파리 여행중이었는데 관광지 근처 상점은 다 막혀 있고 음식점 들 조차 전부 문을 닫아서 밥을 먹기위해 호텔 식당을 예약 해 두었지만 도착해보니 그곳 마저도 문을 닫아 밥도 못 먹고 저녁을 굶었다는 소식을 듣게 되었다. 또한 과격시위가 심해지면서 동양인들은 저녁에 잘못 돌아다니 다간 폭행당할 수도 있으니 조심하라는 경고까지 간간히 들려왔다. (당시 시내에 장갑차가 돌아다닐 정도였음.)

도대체 전 전생에 무슨 업보를 지었길래 처음부터 여행 가는 날까지 한시도 마음을 놓을 수 없는 것 일까요?^_^… 진짜 저한테 왜 이러세요… (울먹)

파리의 경우, 숙소를 호텔로 예약해 두었기 때문에 밥은 꼭 밖에서 사 먹어야 하는 상황인데 만약 음식점이 모두 문을 닫는다면, 나는 그렇다 쳐도 이 두 양반들을 어쩌지…?

효도여행 가려다 단식원행이 될 듯하여 지금이라도 여행 취소하고 환불이라도 받아볼까 했으나 환불비용보다 취소 수

수료가 더 나오는 상황이라 결국 모든 건 운에 맡긴 채 죽으나 사나 가야했다.

친구들의 걱정을 등에 한가득 짊어지고 제발 아무 탈 없기를 기도하며 파리에 갔을 땐 너무나 다행히도 시위대와 대통령과의 극적타결로 인해 시위 분위기가 많이 사그러 들었고 또, 크리스마스를 맞이하여 모두 평화로운 분위기를 유지하고 있었다. (할렐루야!)

또한, 관광지, 박물관 모두 정상 운영 중이었으며 대중교통도 폐쇄되는 구간 없이 원활했다. 더욱이 파리에서의 일정에 주말이 포함되어 있지 않아서 혹시라도 마주치게 될 시위대의 모습은 보지 않고 다음 도시로 넘어 갈 수 있었다. (축 300만원 강제 단식원 탈출)

주의할 점 유럽은 파업, 혹은 시위가 잦은 편이다. 이런 경우에 버스나 지하철 등의 대중교통 노선이 폐쇄되거나 일부만 운영하게 되는 경우가 있는데, 이 점은 유럽 여행시 잘 살펴봐야 하는 점이니 꼭 유의하도록 하자!

비행기의 배신

여행 당일 아침, 공항철도를 타고 느긋하게 공항에 가려 했던 우리는 환전문제로 인해 얼결에 새벽부터 출발하게 되어 공항에 3시간이나 일찍 도착하게 되었다.

공항 지하에서 환전을 마치고 짐이라도 일찍 부치자 싶어 위층으로 올라갔는데 아직 열리지 않은 보딩 게이트 앞에 사람들이 줄을 서 있고 승무원 한 분이 뭔가를 나눠주는 게 보였다. '…뭐 하는 거지?'하고 기웃대다 수줍은 손길로 앞사람의 어깨를 톡톡.

"저기요, 이거 무슨 줄인데 서 있는 거에요?"
"비행기가 결항 됐대요."
"아~ 그렇구나. 결항 이구나. …네?! 결항이요?!"
"네, 오늘 비행기가 안 왔대요."

이야… 이건 또 무슨 신박한 서프라이즈인가. 비행기가 안 오다니… 다들 잠이 덜 깬 건가? 다급해진 나는 승무원을 붙잡고 재차 물어보았다.

"오늘 비행기 결항이라구욧?!!"
"비행기 엔진 결함으로 인해 파리에서 인천으로 오던 비행기가 다시 되돌아갔다고 합니다. 저희도 30분 전 출근 후 받은 연락이라 자세한 상황 파악이 안되고 있습니다…"

그래… 내 인생이 쉬울 리가 없지… 으아아아아!!!도대체 왜 나한테만 이런 일이…!!! 비행기표로 사기 당할 뻔 하다가 이제는 비행기가 안 온대…

쓰러져 울고 싶었지만 사과의 의미로 주시는 식권은 잘 챙겨 넣어두고… (주섬주섬) 일단 다른 비행기표를 알아보기 위해 보딩 게이트가 열리자 마자 호다닥 뛰어 갔다.

"손님, 체코항공으로 변경 가능하시며 대신 두 분이 먼저 가시고 한 분은 내일 가셔야 합니다. 호텔비용은 저희 측에서 부담하겠습니다."
"…영어 라고는 1도 못하고 지도도 볼 줄 모르는 어르신이 2명이나 있는데 따로 가라고요…? 오… 국제 미아되기에 딱 좋네요." (세상삐딱)
"아…. 그렇다면 잠시만 기다려 주시겠습니까…?"

그녀는 분명 웃고 있는데 울고 있었다. 나는 느낄 수 있다. 당신의 잘못이 아니라는 걸 알지만 나도 오늘 꼭 가야해요…^_^
'아…', '어떡하지….'를 반복하던 승무원의 반응에 '설마 나는 오늘 절대 가지 못 하는 건가?' 잔뜩 쫄아서 한참을 기다렸을 때, 드디어 답변이 나왔다.

"대한항공 측에서 저희를 받아 줄지 잘 모르겠지만 일단 말을 해두기는 하겠습니다. 하지만 자리확보가 되지 않는다면 그 이상은 저희도 어쩔 도리가 없는 듯합니다. 이 티켓 들고 대한항공 측으로 얼른 가보세요."

그래. 그녀는 최선을 다했어. 날 처음 만났을 때 별처럼 빛나던 눈이 지금 동태 눈이 된 걸 보면 그녀는 날 위해 모든 걸 다 해줬어. 감사해요. 아디오스.
나는 얼른 대한항공 쪽으로 달려가 티켓을 내밀었고 또 한참의 시간을 기다린 결과,

"지금 세 분이 앉을 수 있는 남아있는 자리가 비상구석 뿐인데 괜찮으신 가요?"

아유, 그걸 말이라고 합니까. 암요 암요. 세상에 비상구석이라니… 저희에게 퍼스트 클래스석을 내어 주시 다니요. 감사합니다. 만세.

정말 다행히도 엄마와 이모를 먼저 보내고 홀로 호텔에 남을 일은 없게 되었고 비행기 안에서 좁아서 다리 아프다며 나를 괴롭힐 잔소리들도 없을 거라는 생각에 눈물 날 정도

였다.

하지만 난… 비행기를 새로 얻은 대신 일정을 잃었다. 원래는 9시 50분 비행기를 타고 파리에 낮 2시에 도착해서 크리스마스 마켓도 구경하고 저녁밥도 먹고 유람선도 타고 할 예정이었으나 비행기가 바뀌었기 때문에 2시 50분 비행기를 타고가면 파리는 저녁 7시가 넘고… 그러면 숙소에 가면 아마 저녁 9시가 다 될거고… 그럼 아무것도 못 하겠네?^_^ 낭만적 크리스마스를 위해 일부러 떠나는 여행이었는데 이게 다 뭐람.

심지어 현재시각 아침 9시. 약 6시간 동안 할 수 있는 건 그저 숨 쉬기 뿐… (죄송한데요. 집에 가고 싶어요. 보내주세요.)

그렇게 우리는 새벽 6시에 와서 낮 2시에 비행기를 타는 기적을 보여줬다고 한다…

결론: 혹시 모를 상황에 대비해 공항에는 일찍 갑시다.

이것은 패키지인가 자유여행인가

  '야 엄마는 패키지 여행은 싫다'
처음 여행을 계획할 때 엄마가 내게 했던 말이다. 물론 애초에 패키지 여행은 생각도 안 했지만 그래도 이 부분은 서로 잘 맞는다고 생각하여 순조롭게 여행을 준비했다.

커피 한 잔 사 들고 에펠탑 밑을 여유롭게 둘러보기, 트레비 분수 앞에서 젤라또를 먹으며 분수대 감상하기 등등 유럽에 가면 꼭 해보고 싶었던 것들의 리스트를 적으며 '여유롭게 구경하다 와야지', '박물관도 유명한 작품은 꼼꼼히 구경해 봐야지' 하고 생각했다.
그러나 이 기대는 여행 시작 단 하루만에 바사삭 깨져 버리게 되었다.

"우와아~! 엄마 에펠탑! 완전 이쁘다~"

"야 사진 다 찍었냐? 배고프다. 가자."

…예? 어머니… 우리 방금 왔는 뎁쇼…?

그러나, 이건 겨우 시작에 불과했다. 헉헉대며 힘들게 올라
간 몽마르뜨 언덕과 이후 이어진 모든 여행지에서는,

"아휴, 볼 것도 없네. 사진 다 찍었냐? 가자."

"엄마 우리 트레비 분수대 앞에 앉아서 젤라또 하나만 먹으
면 안돼?"

"가면서 먹어. 빨리 가게 얼른 와!"

"이모, 우피치 미술관 들어가서 구경하면 안돼?"

"줄 기다려야 하잖아. 싫어. 볼 것도 없구만."

"저녁에 오페라 들으러 가자!"

"별로 안 듣고 싶다… 구경만 해. 구경만."

패키지도 구경할 시간은 줍니다만… 깃발만 안 꽂았지 패키지보다 더한 패키지 여행. 모든 관광지를 점만 찍고 돌아가겠다는 의지. 누가 보면 귀에 초 시계 꼽고 다니면서 빨리 움직여야 한다고 재촉하는 줄 알 정도.

어디 이 뿐인 줄 아는가? 전부터 고대했던 고흐의 그림을 보기 위해 오르세 미술관에 갔을 때에는 갑자기 입구에서 이모가 주저 앉았다.

"이모, 구경 안 해? 왜 앉아있어?"

"난 미술에 소양이 있는 것도 아니고, 관심이 없다. 그리고 다리 아파. 너 보고 와."

…예 …뭐 저도 딱히 미술에 소양이 있진 않습니다만, 아니 여기까지 왔는데 고흐를 안 보겠다고?!

'그래 그럼 나 혼자 보고 오지 뭐.'라고 다들 생각하시겠지만… 영어 한마디 할 줄도 모르는 사람을 두고 혼자 돌아다니기가 참… 맘 같아서는 박물관도 천천히 구경하며 두 세 시간씩 있고 싶지만 멍하니 앉아 기다리는 사람이 있으니 시간을 오래 쓸 수도 없고… 결국 난 유명한 그림만 경보수준으로 뛰어다니며 둘러보았다. …이상하죠? 사진을 보면 분명 뭔가를 보고 온 건 확실한데 잘 기억이 안나^_^…

그리고 여행을 하면서 느낀 건데, 어른들은 알 수 없는 심리를 가지고 있다. 베르사유 궁전의 정원은 걸어서 구경하기에는 꽤 넓기 때문에 쁘띠 기차라고 해서 정원을 크게 한바퀴 돌며 각 포인트 지점에 내려주는 꼬마 열차가 있다. 난 엄마와 이모가 걷기에 힘들 것 같아 기차를 타자고 했더니,

"뭐 이런 걸 돈 들여서 타? 그냥 가."

그래서 열심히 걸어서 내려갔다. 한참을 내려 가던 중 우리 옆으로 꼬마 기차가 지나가자 갑자기,

"야 저거 잡아라. 타자."

…도대체 어느 장단에 맞춰줘야 되는 거야… (참고로 쓰찌 기차는 시작점에서만 티켓을 팔기 때문에 중간에 탑승이 불가합니다.) 다리는 다리대로 아프고 춥기는 너무 춥고, 결국 그 날 두 양반은 저에게 역정을 내셨습니다^_^…
여행 중반쯤 에는 둘다 지쳐 보여서 일부러 쉬어 갈까 싶어 까페에 들어가서 뭐 좀 먹자 했더니,

"빵을 또 먹어? 난 커피 안 먹어. 네 것만 가서 사와."

아니, 쉴 틈도 없이 이렇게 자꾸 움직이면 헐크도 힘들어요… 여행을 쉬엄쉬엄 할 수 있게 중간중간에 텀을 두어야 하는데 한 일정이 끝나면 곧바로 다음 일정, 또 그 다음 일정을 이어간 후 빨리 숙소로 돌아가려는 어른들 생각 때문에 오히려 패키지 일정을 소화하는 것 같은 피곤함이 몰려왔다.

가장 큰 문제점은 흥미를 유발시키기 위해 옆에서 열심히 설명을 해줘도 그녀들은 귓등으로도 듣질 않아…
아, 이제 알 것 같다. 대답 없는 우리의 반응을 기다리던 가

이드 분들의 심정을… 그녀들이 유일하게 힘내서 신나게 돌아다니는 일정은 쇼핑 일정 뿐…

아아, 어른들이 패키지 여행을 가면 왜 그렇게 라텍스 베개를 사오는지 이제는 알 것 같다. ^_^

이러다 보니 여행 중반부터는 하루에 한 일정 소화하기도 벅찼고 내가 좀 더 구경하고 싶다고 하면 '다 똑같아서 구경할 것도 없잖아!' 라며 의욕을 잃어갔다.

어머님들 저 가이드 아니예요. 저도 여행자예요. 저도 여기가 처음 이구요, 구경할 게 많아요. 제발 제가 설명할 때 도망가지 말아죠…!

그리고 매일 저녁, 숙소로 돌아오면 들었던 푸념은…

"아휴, 일정이 너무 빡세. 이놈의 버스 정류장 찾으러 돌아다니는 것도 일이구만. 넌 젊으니까 돌아다니지! 너도 내 나이 되어 봐라. *&%$^#$^%*^@!"

…즌차 둘다 때려주고 싶어^_^… 특히 입을.

결론: **효도여행 = 패키지여행.** 어른들의 패키지 여행이 싫다는 말은 그저 반어법일 뿐. 가이드 분들은 보살이 분명합니다.

이모는 화장실 빌런

우리 이모는 평소에 물을 자주, 많이 먹는 편이다. (이번 여행에도 개인물통 2개 들고 옴) 유럽은 한국과는 다르게 화장실 이용 시 돈을 내는 경우가 많고 또 관광지에도 곳곳에 화장실이 있지 않아서 찾으려면 어려움을 겪는 경우가 종종 있었다. 혹시라도 화장실 때문에 문제 겪는 일이 있을까 싶어서 여행 전 이모에게 단단히 일러 두었지만 그녀의 귀에는 아무것도 들리지 않았다.

"이모 그 물통 들고 가게? 무겁잖아. 그냥 두고 가. 물 많이 먹어봐야 화장실만 가."
"계속 걸어 다니려면 물 필수야. 안돼."

물먹는 하마 덕분에 나는 온 유럽 화장실 찾아다니는 진기한 경험을 하게 되었다. 이모도 본인이 우리보다 3~4배 화장실을 더 자주 간다는 것을 느낀 후로는 일단 어딜 가든 '화장실부터 해결해야한다'라는 강박증이 생겨, 밥 먹다 가도 화장실, 까페에서도 화장실, 공원에서도 화장실, 박물관에서도 화장실, 화장실, 화장실, 화장실!!! (나중에는 화장실을 등에 매달아 주고 싶은 심정)

루브르 박물관에 갔을 때에는, 작품 구경 중 갑자기 이모가 화장실이 급하다고 해서 화장실을 찾아 주기 위해 돌아다녔는데 1층부터 3층까지 둘러봐도 도저히 화장실이 보이질 않았다. 중간지점에서 한군데 발견하기는 했지만 입구가 닫혀 사용 금지된 구간이라 당황스럽기만 했다.
이모 표정은 점점 안 좋아 지는데 아무리 뛰어보아도 화장실은 보이지 않고, 결국 처음 박물관에 들어올 때 출입문 앞에서 보았던 곳까지 뛰어가 화장실을 이용했고 화장실 찾느라 힘 다 빼 버린 이모는 구경을 중단했다. 이모를 두고 더 구경하기는 했지만 나도 기진맥진해서 많이 둘러 보지도 못하고 모나리자를 본 것으로 위안을 삼고 돌아 나왔다.

이렇다 보니, 여행 내내 이모의 가장 큰 불만은 왜 유럽은 화장실 사용하기가 어렵냐는 것이었는데, 사실 이 점은 나의 불만이기도 했다. 1년이면 몇 십, 몇 백만명의 어마어마한 인구가 유럽을 여행하기 위해 방문하는데, 이 많은 여행객들을 수용하기 위한 화장실 수가 너무 적고 또, 그 위치도 눈에 잘 띄는 곳이 아니 라서 여행객들에 대한 배려가 부족하다는 생각을 하게 되었다.

그렇지만 매일 밤 들려오는 이모의 하소연은….

"야… 여기는 뭔 놈의 나라가 화장실도 안보이고, 그것도 이용하려면 자꾸 돈 내라고 그러고. 진짜 웃긴 나라다."

…그냥 이모가 물을 많이 먹지마. 내가 도대체 관광지 구경하러 온 건지, 화장실을 구경하러 온 건지 모르겠어.^_^
… 물통 확 갖다 버릴라.

주의할 점 성당이나 궁전, 박물관 등 어떤 건물안을 구경하는 곳이라면 화장실은 대부분 무료이다. 그러나 공원같이 야외에 있는 관광지를 간다면 대부분 화장실은 유료이다. 기계로 돈을 넣고 들어가는 경우도 있고 화장실 앞에 사람이 서서 돈을 직접 받는 경우도 있다. 체코는 식당이나 마트 안에 있는 화장실도 유료로 사용하는 곳이 있다.

개똥을 조심해!

　다들 한번씩은 파리의 도시를 생각하며 예쁜 이미지들을 상상해 보았을 것이다.
파란하늘에 따스한 햇살, 우뚝 선 에펠탑 밑에서 여기저기 들려오는 샹송을 즐기며 바게트를 뜯어먹고, 골목 골목 그림같은 건물들의 모습을 보며 상쾌하게 아침공기를 싸~악 맡으면… 뭔 냄새야 이거?!!

한국에선 중국 발 미세먼지로 인해 내 맘대로 숨을 못 쉬었다면 이곳은 여기저기 담배 연기로 인해 호흡곤란. 남녀노소 가릴 것 없이 길가에 사람만 서있다 하면 너도나도 피워대는 담배에 정신이 혼미해질 정도였다.
우리나라는 공공장소나 사람이 많은 곳에서는 담배를 피우더라도 구석에 가서 피우거나 지나다니는 사람들의 눈치를 보기라도 하는데 이곳, 유럽인들은 PO당당WER!!

한번은 아이 엄마가 유모차를 끌면서 담배를 피우는 모습을 보고 경악을 금치 못했었다.

그러나 가장 중요한 건, 예쁘다고 파리 건물들에 절대 현혹되지 마쇼. 건물 본답시고 시선이 하늘로만 향해 있다 가는 당신은 개똥을 밟는 미끼를 물 것이니.

그야말로 파리는 골목 골목 개똥 천국이다. 어디 한곳 맘놓고 발 디딜 틈이 없다. 낭만의 도시가 아니라 개똥의 도시라 해도 무방할 만큼 살면서 진짜 그렇게 많은 개똥은 처음 봤다. 파리에 지내는 며칠동안 강아지와 산책하는 견주들을 굉장히 많이 보았는데 아마 다들 열심히 산책과 배변훈련만 시킬 뿐, 뒤처리를 해야 한다는 예의범절은 쌈 싸 먹었나 보다^_^. (냠냠)

한번은 이런 일도 있었다. 하루는 분위기 좋은 샹젤리제 거리의 한 스테이크 집에 들어가 만족스러운 식사를 하고 나왔을 때였다.

마침 얼마전 유럽에 다녀온 친구로부터 문자가 왔길래 서로 연락을 주고받으며 골목을 거닐고 있었다.

"나 지금, 샹젤리제에 있는 분위기 좋은 곳에서 맛있게 밥 먹고 나왔어. 여기는 골목 마다 다 예쁘다."

"언니, 근데 거기 골목에 개똥 진짜 많은 거 알지? 조심히 보고 다녀. 덜렁대다 밟지 말고…"

'철푸덕'

"…응. 방금 밟았어^_^…"

거리 구경하며 신난 엄마가 아주 제.대.로 개똥을 밟아버렸다. (새 신을 신고 밟아보자 뿌직.)

분명 10초 전 까지만 해도 그림같이 예쁜 곳이라고 감탄하던 엄마의 입에선 차마 입에 담을 수 없는… 읍읍…!!

그렇게 그녀는 물웅덩이 앞에 서서 한참동안 신발 밑창을

갈아 냈다고 한다…

결론: 땅을 잘 보고 다니자.

겨울은 겨울이다

    걱정 많았던 파리에서의 일정을 잘 마치고 우리는 야간열차를 타고 로마로 넘어오게 되었다.

로마에 딱 도착하니, 하늘은 파랗고 햇볕은 따뜻하니, 파리의 뺨 때리는 추위와는 사뭇 다른 포근함을 느낄 수 있었다. 숙소에 얼른 짐을 풀어놓고 근처 관광지를 구경하러 나섰는데 옷을 두껍게 입지 않아도 추위가 느껴지지 않을 정도였다. 그리고 그것이 화근이 되었다.

다음날, 콜로세움 관광을 하기 위해 아침 일찍 숙소를 나섰는데 어제와 같은 온도일 줄 알고 옷차림을 매우 가볍게 하고 나섰다.

근데 웬걸? 아침 추위는 정말 살을 에는 추위였다. 집에 다시 돌아가기에는 이미 먼 거리를 와 버린 상태라 '곧 따뜻해지겠지'라는 마음으로 버티고 있었는데 콜로세움을 입장하기엔 줄이 너무 길고(티켓사는 줄만 2시간) 더욱이 큰 건물에 햇볕이 가려져 큰 그늘이 생기면서 추위는 더욱 심해져, 나중엔 이빨이 부딪혀 딱딱 거리는 소리가 들릴 정도였다.

더 심한건, 줄이 점점 줄어들어 건물 안에 가까워질수록 바람이 휘몰아 치기 시작했는데, 챙겨온 목도리를 넓게 펼쳐 몸에 두르고 셋이 오밀조밀 모여 있어도 아무런 소용이 없었다. '아니, 이탈리아는 겨울에도 따뜻하다더니, 왜 이렇게 춥지?' 라고 생각하며 주위 사람들을 둘러보니 얇게 입은 사람은 우리 뿐. ^_^(다들 패딩 입고 목도리 하고 왔더이다.)

"엄마… 여기 왜 이렇게 추워…?"
"아이고… 콜로세움 왔다가 골로 가게 생겼네!" (험한 우리 어무이의 라임. 휍)

알고 보니 이탈리아 겨울 날씨는 낮에는 살이 찢어 질만큼 햇볕이 뜨겁지만, 아침 저녁으로는 살을 에는 추위가 온몸을 감싸는 일교차가 큰 곳이었던 것이다.

여행 전, 날씨를 검색해 봤을 때 이탈리아는 겨울에도 따뜻한 곳이어서 니트 한 장만 입고 다녀도 절대 춥지 않은 곳이라 보았거늘… 그것은 순 다 개뻥^_^…. 우리처럼 블로그에 속은 몇몇 한국 사람만 얇게 입은 듯하고 다른 외국인들은 전부 다 중무장을 하고 돌아다니고 있었다.

단 한 명! 어떤 외국인 여자만이 민소매를 입고 돌아다니는 것을 봤는데(속에서 전율 나나 봄) 나중에 어떻게 됐을 지…

결국 이날 우리 셋은 강추위에 개 떨 듯 떨며 로마 유적지를 구경했고, 안타깝게도 엄마는 감기에 걸려버렸다고 한다.

결론: 당시 이탈리아 온도는 낮 기온 영상 15~18도 정도. 그렇기 때문에 사람들이 따뜻할 거라고 생각하는데, 블로그에 속아 멋 부린답시고 얇은 옷만 챙겨오지 말자. 입 돌아가는 수가 있다. ^_^

눈물의 바티칸 투어

이미 유럽을 갔다 온 친구들이 다른 건 몰라도 바티칸만큼은 가이드와 함께 동행해야 더 많은 걸 볼 수 있다고 가이드 투어를 추천해줬다. 여기에 난 좀 더 특별함을 느끼고 싶어서 일부러 가이드 투어를 12월 31일. 1년의 마지막날에 신청해 두었다. (뿌듯)

가이드 투어는 빠른 입장을 위해 아침 일찍부터 미팅을 시작한다. 우리도 아침 7시까지 약속 장소로 가기 위해 새벽부터 일어나 준비를 마치고 지하철을 타기 위해 집 근처에 있는 지하철역으로 향했다. 버스에서 내려 지하철역으로 걸어갔는데 역 입구가 전부 막혀 있네…?(여기부터 느낌이 안 좋죠?) 급하게 다른 버스를 잡아타고 테르미니역으로 간 다음 그곳에서 지하철을 타고 올라와 겨우 제시간에 맞춰 도착하였다.

미팅은 순조롭게 진행이 되고 줄을 서서 기다리는 동안 가이드님의 바티칸에 대한 설명을 들으며 한참을 기다린 끝에! 드디어 바티칸 시티에 입장할 수 있게 되었다. 입장 후 한차례 회화관 설명을 마친 가이드님이 갑자기,

"자, 나는 내일 로마에 없다. 혹은 난 오늘 꼭 대성당에 들어 가야 겠다. 하시는 분 있으십니까?"

당연히 내가 손을 들었다. (저요. 접니다.)

"1월1일 신년 미사로 인해 관광객 출입 제한 때문에 오늘 대성당은 낮 12시 30분까지만 오픈한다고 합니다. 수신기 반납해주시구요. 제가 길 알려드릴 테니 뛰어가세요."

…예? 뛰라고요…? 시계를 슬쩍 보니, 대성당 문 닫히기 30분 전. 문제는 새해 하루 전을 기념하기 위해 세계 각국에서 모인 사람들로 이곳은 인산인해. 난 두 어르신을 이끌고 이 지구촌을 뚫고 나아가야한다. 하지만 길을 뚫기 란 녹록치 않지. 이게 내가 내 두발로 걸어가는 것인지 뒤에서 밀어서 가는 것 인지도 모를 만큼 사람들 틈에 껴서 서로가 서로의

귓가에 숨결을 불어주고 있었다. (널 좋아해)

한참을 떠밀려 가다가 바티칸 천장화의 핵심! 미켈란젤로의 천지창조를 마주쳤지만, 우리에게 그림 볼 시간 조차도 사치.

마감 3분 전, 극적으로 대성당에 들어왔고, 대성당의 웅장함에 놀란 것도 잠시, 이곳의 하이라이트인 피에타 상을 열심히 찾아보았지만 …없네?

왜 피에타 상이 안보이는 지 물어봤더니 큰 행사 전날에는 피에타 상을 가려 놓는다고… (뭐어?!) 믿기지 않아, 믿을 수 없어. 나 이거 보려고 여기 온 건데… 왜 하필 피에타 상을 가려 놓고 그래요?! 엉엉, 피에타 상을 못 본다니…

그럼 빨리 쿠폴라에 올라가서 열쇠모양 바티칸이라도 구경하려고 길 안내해 주는 사람을 무작정 붙잡았다.

"웨얼 이즈 쿠폴라!"
"클로즈"

…예. 못 봤습니다…. 아무것도 못 봤어요…. 내가 회화관 하나 보자고 그 비싼 가이드 투어를 신청했구나… 그렇구나 … (눈물) 마음이 헛헛해서 광장에 앉아서 계란 까먹었어요. 맛있더라구요… 냠냠.

광장에 앉아 사람 구경하며 간식을 챙겨 먹은 우리는, 그래도 1년의 마지막날 의미 있고 특별한 곳에 와서 구경해 봤으니 좋은 기운 얻어서 간다는 긍정적인 마음을 가지고 숙소로 돌아가기 위해 버스를 타고 가려고 정류장으로 향했다. 30분이 지났다. 안 온다. 그럴 수 있어. 1시간이 지났다. 올 생각을 안 한다. 2시간이 지났다. 버스를 만들어서 타고 올 생각인가 보다.

너무 심각하게 오지 않는 버스 때문에 이른 아침부터 돌아다닌 엄마와 이모가 점점 지쳐 가는 게 보였다. 택시라도 탈까 싶어서 불러봤지만 택시 조차도 잡히지가 않았다. 뭔가 심각성을 느낀 나는 일부러 큰 광장까지 걸어가서 버스를 기다려 봤고, 한참이나 기다린 끝에 겨우 탈 수 있었다. '아, 이제는 갈 수 있겠지'라는 생각으로 앉아있는데 왠지 느낌이 싸했다. 그냥 싸했다. (불길함을 느끼는 귀신 같은 촉)

얼른 구글 지도를 열어 확인해 봤더니 역시나, 이 버스는 원래 가야하는 경로를 한참 벗어나 이상한 곳으로 달리고 있었다. 나는 얼른 내 앞에 앉은 사람에게 내가 가야할 곳을 보여주며 물었다.

"제가 이곳에 가야 하는데, 이쪽으로 가는 버스가 맞나요?"
"네, 맞아요. 저도 같은 곳을 가고 있어요. …잠깐 뭐야? 이 버스 어디 가는 거야?" (현지인이 당황함을 얻으셨습니다. +1)

역시나 내 촉은 틀리지 않았다. 내 앞에 앉은 사람도 이 버스가 다른 곳으로 향하는 중이라는 걸 그제서야 눈치챘고 다른 길을 알려주겠다며 근처 지하철역에 하차해서 같이 지하철을 타고 돌아왔다.

알고 보니 로마의 경우, 큰 행사 전 날 (크리스마스나 새해 언

ⓗ) 에는 너무 많은 관광객들로 인해 차량을 통제하기 때문에 버스와 같은 대중교통이 대부분 우회해서 돌아간다고 한다. 우리는 그걸 몰랐기 때문에 버스 기다리는 데에만 2시간을 넘게 소비했던 것이고 아침에 지하철역 입구가 막혀 있던 것도 이 때문이었다.

이 날은 바티칸 시티 투어 일정만 있었기 때문에 오후에는 여유롭게 숙소에서 보내게 될 것이라는 나의 예상과는 달리, 버스와 지하철의 원투 펀치로 인해 여유는 무슨, 우리 두 양반은 숙소에 돌아오자 마자 기절했다고 한다. ^_^

ⓖ론: 중요한 행사를 앞두고 로마에 가면 고생만 한다. 바티칸은 혼자서 둘러보기엔 너무 넓고 또, 볼 것도 많기 때문에 가이드 투어를 신청하는 것 추천한다. 그러나 바티칸 관광 시, 피에타 상, 쿠폴라를 꼭 볼 예정이라면 절대 행사 전날에 가지 말 것! 난 제대로 돈 날렸으니까^_^…

나는 매일 밤 외롭다

유럽에 오기 전, 나의 작은 바램이 있다면, 그것은 파리에서 낭만적 크리스마스를 보내는 것이고, 또 하나는 멋진 로마에서 새해 카운트를 하는 것. 그러나 이미 한가지는 비행기 문제로 날아가 버렸고 나머지 하나는… 나의 그녀들은 12시까지 버틸 체력이 없었다.

매일 여행이 끝나고 집에 들어와 밥을 먹으면서 소박하게 맥주나 한잔 씩 하며 '오늘 여행은 이게 좋았고… 내일 여행은 어떤 걸 할 거고…' 이런 얘기들이 오갈 줄 알았다.

그러나 맥주는 무슨, 그녀들은 저녁을 먹은 후 정확히 7시가 되면 불 끄고 잠자리에 들었다.

…거짓말 인 것 같지? 나도 처음엔 새나라의 어린이들 이랑 여행 온 줄 알았다. 덕분에 매일 밤, 도대체 나 혼자서 뭘 해야 하나… 너무 심심했다.

"낭낭, 애드라…? 자니…? 여기 저녁 7신데 다들 자… 나… 심심하다…?"
"…울지마 바보야."

몇몇 잠 없는 친구들이 내 대화 상대가 되어줬지만, 그건 그리 오래 가지 않는 대화였다. 그러나! 신에게는 아직 대용량 유심칩이 남아 있사옵니다. 2만 천원 주고 산 나의 대용량 데이터가 빛을 발하는 순간은? 바로 이 순간. 너튜브를 틀어보자.

여행 첫 날부터 이런 날이 매일 지속되다가 31일 만 큼! 그래도 여기까지 왔는데 새해 카운트다운 정도는 해줘야 하지 않겠냐며 엄마, 이모를 설득해 밖에 나갈 생각이었으나 콜로세움의 추위와 버스+지하철의 긴 대기시간 콜라보로 인해 제대로 감기에 걸려 컨디션이 저하된 엄마로 인해 이날도 어김없이 7시에 취침. (제발 나가자는 나의 말은 씨알도 먹히지 않았다. ^_^) 그럼 나 혼자라도 나가서 보고 오겠다고 했지만 세상 무서운지 모른다며 어딜 저녁 늦게 혼자 돌아다니냐며 호통치는 엄마의 모습에 집에 남아야 했다.

…읍흡끅흑윽꺽꺽… 이놈의 여행 내 뜻대로 되는게 단 한 개도 없어. 형….

밖에서 폭죽의 불꽃은 펑펑 터지는데… 내 속도 같이 터지고…. 지금 날 위로해 줄 이는 오직, 방.탄.소.년.단.
넌 나의 빛, 넌 나의 희망. 내 하루의 마지막 마무리. 크나큰 오예. 오늘도 나는 유튜브를 보며 하루를 행복하게 마감합니다. (꿈 속에서 만나. 쪙끗)

결론: 어른들에게 젊은이의 낭만을 기대하지 말자. 데이터는 무조건 양 많은 게 최오.

바둥기는 양아치

드디어! 새로운 새해가 밝았다. 1월 1일은 모두에게 특별한 휴일인 만큼 유럽의 대부분 관광지는 전부 문을 닫는 날이다. 그렇다고 집에만 있기에는 섭섭하니 어디를 갔다 오면 좋을까 하다가 피사의 사탑은 1월 1일에도 쉬지 않고 개장한다고 하여 기차를 타고 잠시 다녀오기로 했다.

피렌체에서 피사로 이동 할 경우(이날 나는 로마에서 피렌체로 숙소를 옮긴 상태) Pisa 라고 적힌 역이 많아 헷갈리기 때문에 대부분 사람들은 Pisa Central Station으로 예약하게 되는데 무.조.건! Pisa S. Rossore 역으로 예약 하는 것이 좋다!
Pisa Central Station역에서 내리게 된다면 피사의 사탑까지 걸어서는 30분 넘게 가야 하며, 만약 그 앞에서 택시를 잡아타게 된다면 편도로 9유로의 쓸데없는 지출이 생기게 된다. 그러나 Pisa S. Rossore 역에 내린다면 피사의 사탑까지는 도보로 단 10분! 이면 갈 수 있기 때문에 시간도 돈도 모두 절약된다.

또 한가지, 기차를 예약할 때에 피렌체에서 피사까지 환승 없이 가는지 확인을 잘 해봐야 한다. 무조건 빨리 간다고 해서 덜컥 표를 샀다 가는 중간에 꽤나 귀찮은 상황이 발생할 수 있기 때문에 환승없이 바로 가는 기차를 선택할 것을 추천한다. 피렌체에서 피사까지는 약 1시간 10분 정도가 소요되며 고속열차가 아닌 완행열차로 운행되기 때문에 지정 좌석이 정해져 있지 않다. (Regionale열차)
때문에 기차에 올라타서 내자리는 어디인가 표를 확인할 필요 없이 그냥 빈자리 아무 곳에나 앉으면 그게 내 자리.

그리고 피사의 사탑은 주변 볼거리가 하나도 없이 정말로 피사의 사탑만 존재하기 때문에 2시간 정도면 그 지역을 충분히 즐길 수 있다. (실제로 나도 3시에 도착해서 5시 기차를 타고 돌아옴) 피사에 도착하면 입구에서부터 모두다 같은 포즈로 태극권을 시전하며 사진 찍기 바쁜데, 곧 자신의 모습이 될 테니 너무 당황할 필요는 없다. 이렇게 사진도 찍고, 아이스크림도 먹고, 피자도 한 조각 먹으며 여유롭게 앉아서 주위를 둘러보다 보면 온 동네 비둘기들의 집합소 마냥 우글거리는 비둘기들을 볼 수 있는데, 사실 여기엔 내 친구의 아픔이 서려있다.

몇 년 전, 내 친구는 당시 여행 정보도 없이 덜컥 유럽 여행을 떠난 지라 돈 몇 푼 없이 돌아다녔다고 했다. 오죽하면 유럽 거지가 자기보다 더 좋은 샌드위치를 먹고 있을 정도였다고…
피사에 온 날, 나름 큰 맘 먹고 비싼 샌드위치를 하나 사서 한입 베어 물었는데 어느새 손안에는 샌드위치 대신 깃털만 덩그러니…

"으아아아아아닭!!!! 엽총 가져와닭!!! 저 비둘기 시키들 다 쏴 죽여서 통닭 구이를 만들어 버릴 거야!! 아아아아아닭!!!"

샌드위치를 눈앞에서 강탈당한 내친구는 분노에 차 소리를 지르며 방방 뛰기 시작했고 동양인 여자아이의 발광쇼를 지켜보던 외국인들은 경악에 차 가던 길을 멈추고 내 친구를 돌아봤다고 한다.
그제서야 자신이 굉장히 추하다는 걸 눈치챈 친구는,

"…스미마셍 ^_^;;; 하핫…"

그렇게 국적이 뒤바뀐 채, 쥐구멍을 찾으러 돌아다녔다고 한다.

엄마와 이모에게 이 이야기를 재연과 함께 들려줬더니 너무 재미있어 했다. (친구야, 고맙다. 덕분에 웃음 포인트를 얻었어.)

결론: 너의 아픔, 나의 행복.

너 가방 아이 사니?

로마에서 걸린 감기가 피렌체에 오자 더더욱 심해진 엄마는 결국 피렌체에서의 모든 일정을 중단했고, 더불어 이모까지 움직이지 않아 나의 계획은 모두 물거품이 되었지만… 마지막날 가죽시장에서의 쇼핑만큼은 모두가 힘을 내 돌아다니기로 했다. 사실상 이번 여행의 목표가 좋은 가죽가방 하나 사가는 것이라 해도 과언이 아닐 만큼 우리의 의지는 확고 했다. (비장)

가죽 시장이라고 해서 길가에 노점상들이 쭉 늘어져 있는 곳은 사실상 중국산 가죽 제품을 파는 경우가 많기 때문에 좋은 품질을 기대하기는 어렵고 차라리 매장안에 들어가 가격 흥정을 하는 게 좋은 제품을 싸게 얻을 확률이 크다.
우리는 여기 저기 둘러보다가 마음에 두었던 디자인을 발견해 어느 한 가게로 들어갔다. 매부리코를 가진 한 할아버지가 우리를 반겨 주며 가방을 보여주는데 생각 보다 너무 비싼 가격이었다.

"이 디자인은 절대 다른 가게에는 없어요. 아주 좋은 품질의 가죽이고 핸드 메이드 제품이며 어쩌고 저쩌고…."

사실 이 가게나… 다른 가게나… 품질은 거기서 거기 인 것 같은데…. 딱히 뭔가 더 특별해 보이지도 않습니다만… 일단 끄덕 끄덕 해주며 경청하는 척을 해주었다.
그 와중에 엄마는 또 다른 디자인의 가방을 들고 오며 두개 사면 할인 해 주는지 물어 보라기에 본격 협상에 들어가기 시작했다.

"가방 두 개사면 할인해주나요?"
"오오 아가씨, 이건 너무 좋은 제품이라 할인 해 줄 수 없어요 가방 두개 해서 600유로에요."
"우린 돈 없는 여행객이에요. 너무 비싸요 400 유로에 주세요."

할아버지가 한숨을 푹 쉬었다. 절대 할인은 안된다며 못 깎아 준다고 했다.

근데 저기요? 한숨 쉬면서 왜 입은 웃고 계세요? 그 순간 난 직감했다. 내가 순진하게도 400유로를 덥석 불러버렸구나. 여기서 가방을 사면 난 호구가 되겠구나.

"재민아, 근데 무슨 가방이 600유로나 해. 400유로로 깎아도 너무 비싸다 이 가격이면 한국에서도 사겠다. 그리고 이 아저씨 표정이 우리한테 한탕 해 먹으려는 거 같아."

"그치? 너무 비싸지? 우리 다른 데 가자."

엄마와 난, 국제 호구의 위상을 드높일 기회를 뿌리치기로 하고 비싸다고 말하며 나가려 했다. 절대 못 깎아 주겠다던 할아버지는 우리가 정말 나갈 것 같은 자세를 취하자. 그럼 어쩔 수 없다며 바로 400유로로 깎아주겠다고 말했다. (이것 봐라? 200유로가 막 깎여?) 본심을 눈치챈 우리는 더더욱 기분이 상해 다른 곳을 더 둘러보겠다며 나가겠다고 말했다. 그러자 그 할아버지는 순식간에 표정을 바꾼 채 갑자기 나에게 다가왔다.

"너 뭐라고 말했어? 네가 먼저 400유로에 달라고 해서 내가 깎아 준 건데 왜 안 사?"

"미안하지만, 너무 비싸네요."

"너 잘들어. 이문을 나가는 순간 네가 다시 돌아온다고 해도 난 너한테 절대 이 가격에 안 팔 거야. 당장 나가!"

이 양반이 갑자기 쥐약을 먹었나… 나도 다시 올 생각 없어 이양반아. 어디서 김칫국을 항아리 째로 드링킹이야. 내가 돈이 없지 눈치가 없는 줄 아나.

우리는 너무 황당하게도 그 자리에서 할아버지한테 밀쳐져 쫓기듯 가게에 나왔다. 세상에 협박당한 것도 어처구니가 없는데 이렇게 몰상식하게 손님을 대하다니….

'망할 놈의 영감 탱이 어디 그 가격에 가방 열심히 팔아봐라 팔리나. 쒸익'

첫 가게부터 재수가 없다고 욕을 하면서 나온 우리는 다시 다른 가게들을 둘러보기 시작했다. 그러나 생각 보다 마음에 드는 가방이 보이지 않았고, 점점 해가 지면서 날이 추워지자 딱 한군데만 더 보고 숙소로 돌아가기로 하며 마지막 가게에 들어섰는데, …응? 아까 그 디자인이 여기도 있네?

"이 가방 얼마 에요?!"
"170유로입니다."

거봐, 내가 뭐랬어. 그 영감 탱이 우리를 호구로 봤다니까? 뭐? 가방 한 개에 380유로?! 자기네만 가지고 있는 디자인?! 웃기고 있네. 여기 널리고 널렸어, 이양반아.

"재민아, 여기 지갑도 예쁜 거 많다. 지갑이랑 사면 싸게 해주는지 물어봐."
"저 지갑이랑 이 가방이랑 같이 사면 할인해주시나요?"
"음… 원래는 할인 안되는데 지갑도 샀으니까 해 줄게요!"

우리는 그날 170유로짜리 가방이 95유로가 되는 기적을 보았습니다. (할렐루야.)

결국 우리는 마지막 가게에서 신나게 쇼핑을 마쳤고, 만족스러운 결과물을 들고 숙소에 돌아왔다.

결론: 가죽시장에서 물건을 살 때, 덜컥 사지 말고 일단 많은 가게를 돌아보는게 좋다. 그 후에 몇 군데를 정한 다음 흥정을 해야 하는데, 만약 100유로짜리를 흥정하는데 애매하게 80이나 90유로를 부르면 제 값 주고 사는 것 만도 못하다. (90불렀는데 주인이 바로 오케이 한다면, 당신은 호구)

애초에 30을 불러라. 처음부터 낮게 부르면 주인은 알아서 마지노선 가격을 부른다. 그렇게 주인과 흥정하다 보면 만족스러운 결과를 얻게 될 것이다. (이모와 길거리를 돌아다니다가 좋은 품질의 캐시미어 목도리를 산 적 있는데 하나 당 25유로짜리를 흥정해서 3개에 45유로에 산 적도 있음.)

사실 더 좋은 팁을 주자면… 베니스에 갔더니 똑같은 제품 더 싸게 팔 더이다… (피렌체에서 180이 베니스에서 118이더라…) 상인은 역시 베니스의 상인.

풍경은 좋지만…

베니스에 도착한 날, 숙소 아주머니가 추천해준 파스타집에서 맛있는 점심을 먹고, 최고의 풍경을 볼 수 있다는 스팟으로 이동했다. 보통 베니스의 풍경을 보기위해 산마르코 광장에 있는 종탑에 오르는데 이 종탑을 오르기 위해서는 돈을 내야한다.

그러나 아주머니가 알려주신 곳은 리알토 다리 바로 옆에 있는 큰 백화점으로, 이곳 꼭대기층에 올라가면 무료로 전망을 즐길 수 있으며 산마르코 광장에서 보는 전망보다 훨씬 더 아름다운 뷰를 바라볼 수 있다고 한다.

우리는 일부러 노을이 지는 시간에 백화점 꼭대기층에 올라갔고 정말 기억에 남을 만한 너무 멋있는 전망을 보게 되었다.

참 좋았는데…. 너무 완벽했는데… 이렇게 멋있는 곳에서도 한가지 흠은 있었는데, 우리는 이곳에서 유난히 눈에 띄는 동양인 차별을 받았었다.

한 번은 구경 중 너무 추워서 몸도 녹일 겸, 근처 까페에 들어가 샌드위치와 커피를 주문 했다. 앉아있은 지 한 30분 정도가 지났을 무렵, 갑자기 웨이터가 다가와 우리 접시와 음료잔을 치우기 시작했다. (심지어 내 커피잔에는 커피가 남아 있었는데…!) 샌드위치는 이미 다 먹은 후였기 때문에 치우는 김에 전부 치우려나보다 라고 생각하는 찰나, 웨이터가 나를 똑똑히 쳐다보더니,

"여기에 더 앉아있고 싶다면 음식을 더 시키던지, 아니면 나가주세요."

…들어온 지 30분 밖에 안됐는데 나가라고?! 썩을. 이럴 거면 내가 준 팁은 왜 웃으면서 받아갔냐 이놈아!!

내 주변으로 다른 외국인 들도 앉아있었는데, 심지어 그들은 나 보다도 더 오래 앉아있었음에도 불구하고 정확히 나만 콕 집어서 나가라고 한 것이다. 너무 기분이 나빴던 나는 웨이터의 눈을 똑바로 쳐다보며 불쾌한 표정을 가감없이 드러냈고 엄마와 이모에게 화장실 갔다 오자며 일부러 시간을

끌고, 옷도 느릿느릿 입으며 느긋하게 있다가 나와버렸다.

또 한번은, 젤라또를 사러 가게에 들어갔는데 내 앞에는 이탈리아 사람이 먼저 주문을 하고 있었다. 점원은 앞선 손님을 대할 때에는 세상 친절하게 웃어주면서 아이스크림도 잔뜩 올려주었는데, 내가 주문 하려고 하니 갑자기 자기 할 일이 바쁜지 주문도 받지 않고, 내가 불러도 대답이 없고, 한참 뒤에 나타나서는 세상 똥 씹은 표정으로 주문을 받더니 아이스크림도 너무 차이 나게 한 숟갈 조금 퍼주고는 다시 사라져 버렸다.

'이 딴 걸 누구 코에 붙이냐고 숟가락으로 퍼서 저놈 콧구멍에 비벼버릴까' 했지만 교양 있는 동양인의 모습을 지키기 위해 웃으며 가게를 나왔다. (절대 쫄은 거 아님)

길을 지나다니다 보면 종종 동양인을 보고는 '칭챙총'하면서 웃고 지나가는 사람들도 있는데 그런 경우에는 안경을 올리는 척 하면서 가운데 손가락을 살며시 들어올려 보자.^_^ (정도가 심하다면 두 손 이용 가능)

결론: 동양인 차별은 사실 무시가 답이다. 그렇지만 차별 받았다고 해서 위축이 될 필요는 없다. 기분이 나쁠 땐 나쁘다고 표출해야 한다. 인종을 차별하는 행위는 애초에 기본 소양조차 받지 못했다는 것이므로 그냥 불쌍한 놈이라 생각하고 혀나 끌끌 차주도록 하자. 아무쪼록 기분 좋은 여행을 위해 우리 모두 교양인이 되자.

야간열차가 오질 않아!

　이탈리아 일정을 모두 마친 후, 비엔나로 넘어가기 위해 야간열차를 타러 기차역에 왔다. 기차 도착시간 보다 30분 정도 일찍 도착한 우리는 벤치에 앉아 시간을 보내며 기차를 기다렸다. 출발 10분 전, 이제 슬슬 움직일 준비를 하며 기차가 몇 번 플랫폼으로 들어오는지 확인하기 위해 전광판을 올려다보았다.

'223 열차… 9시 5분…인데 왜 15분이지?' 분명 내가 타는 열차가 맞는데 타는 시간이 다르게 떴다. 혹시 내가 뭘 잘못 알고 있는 건가..? 같은 열차를 타는 듯한 다른 사람에게도 물어봤지만 왜 시간이 다르게 뜨는지는 다들 모르는 눈치였다.

곧 몇 분 후, 전광판에 기차가 20분 지연됐다는 문구가 떴다. '그래 뭐.. 기차가 지연될 수도 있지 뭐'라는 생각으로 다시 자리에 앉아 기다리기 시작했다.

…이게 끝 일거라면 크나큰 오산. 10분쯤 지나서 다시 전광판을 확인 해봤을 때 갑자기 40분으로 지연됐다는 알림이 떴다. (기다리던 사람들 모두 일제히 탄식) 아니 무슨 기차가 40분씩이나 지연된 담? 해는 저물고 바람은 불어서 추워 죽겠는데 기차가 제 시간에 오질 않으니 점점 짜증이 나기 시작했다. 그러나 40분 후 오겠다던 기차는 2시간이 다 되 가도록 올생각이 없었다.^_^… (상상을 초월하는 지연 클라스.)

문제는 비엔나에서 쓸 숙소 때문에 집주인과 만날 시간을 정해 놨는데 그 약속을 어그러트리게 될 까봐 걱정이 되기 시작했다. 연락을 해야 하나 고민하던 중, 드디어 기차가 도착했고 피곤했던 나는 아침 일찍 일어나 연락을 해야겠다고 생각하곤 잠이 들었다.

기차는 밤새 열심히 달려 아침을 맞았고, 거의 다 도착했다는 기장의 목소리에 정신을 차린 후 시계를 확인했는데, …응? 제시간에 도착했네…? 20분도 아니고 2시간이나 지연됐는데 도착 시간은 맞췄다구요…?

너무 신기하게도 기차는 출발 시간은 어겼을 지 언정, 도착 시간은 기가 막히게 잘 맞춰서 다행히도 난 집주인과 약속

을 어기는 일 없이 잘 만났다고 한다. (밤새 얼마나 달린 거야? 어메이징 야간열차)

결론: 한국과는 다르게 유럽의 기차는 지연이 꽤 많은 편이다. (피렌체에서 로마로 넘어갈 때도 30분 지연 됐었음) 혹시라도 기차를 타고가 바로 일정을 시작할 생각이라면 혹시 모를 일을 대비해 약간의 텀을 두는 것이 좋다.

야간 열차의 승차감에 대해서도 살짝 언급하자면, 우리는 두번의 야간 열차를 탔고 한번은 6인실을 또 한번은 4인실을 사용했었다. 6인실이 복작거리기는 하지만 사실 큰 불편함은 없는 편이라 한번쯤은 돈도 아낄 겸 타보는 것도 좋다. 하지만 6인실의 경우, 가운데에 해당되는 두번째 칸에 탑승하는 것은 추천하지 않는다. (감옥에 갇혀 누워 가는 기분. 4인실에는 이 가운데 칸이 애초에 접어져 있어서 공간이 널찍함.) 나는 맨 윗 칸을 가장 추천하는데 오히려 공간도 가장 넓고 물건도 둘 수 있어서 제일 좋다. 맨 밑에 칸의 경우는 움직이기에 편하기는 하지만 의자가 살짝 기울어져 있어서 똑바로 잠자기에는 살짝 불편한 감이 없지 않아 있다.
승차감에 대해서는 사실 마냥 편안하다고는 할 수 없다.

아무래도 밤새 기찻길을 다녀야 하니 중간중간 덜컹대는 것은 사실이다. 그렇다고 잠도 못 잘 정도로 설칠 정도는 아니다. 엄마와 이모는 처음 야간열차 탑승 때만 익숙하지 않아 불편해했을 뿐 두번째에는 아무 탈 없이 잘 이용했었다.

이정도도 못 참고 야간열차는 절대로 못 타겠다고 한다면 그냥 그분은 어딜 가서도 잠투정 심하게 하시는 걸로….

비행기를 타고 이동하는 게 가장 몸이 편한 방법이겠지만 우리나라에는 없는 야간열차를 이럴 때라도 와서 경험해 보는 것도 나쁘지 않다고 생각한다. 여행경비가 넉넉해서 1인실이나 2인실에 들어 가는 것도 좋지만 다인실을 이용하면서 다른 사람들과 얘기도 하면서 이동하는 것도 색다른 재미가 될 수 있다.

보일러의 비극

여느 때와 똑같이 일정을 끝내고 숙소로 들어온 우리는 차례대로 샤워를 하기 시작했다. 이모가 먼저 씻고 난 후 바로 뒤이어 엄마가 샤워를 하러 욕실에 들어갔는데 얼마 후, '보일러가 왜 이래?!'라고 외치는 엄마의 목소리가 들렸고 몇 분 후, 엄마는 후다닥 샤워를 마치고 나왔다.

"찬물이 나오는 거 같아! 보일러가 이상한가? 아무래도 순간온수기가 아닌 가봐."

엄마는 욕실에 설치 되어있는 보일러를 살펴보았고 끝에 +와 -가 표시되어 불이 깜빡이는 것을 볼 때, 이 보일러는 한국에서 흔히 사용하는 순간온수기가 아닌 데운 물을 저장한 후 온수를 사용할 수 있게 하는 저장 온수기 인 듯했다.
나는 어쩔 수 없이 물이 데워질 때까지 기다리기 위해 너튜

브 영상을 보며 시간을 때우기 시작했고 피곤했던 엄마와 이모는 늘 그렇듯 먼저 잠에 들었다.

그러나 금방 데워질 거라 생각했던 온수기는 아무리 기다려도 기약이 없었다. 시간은 12시가 다 되어가고 2시간째 영상을 돌려봐도 온수기의 물을 여전히 -를 가리킬 뿐, 도무지 데워질 기미가 보이질 않았다.

슬슬 잠이 오던 나는, 온수기의 불빛이 +와 -의 중간쯤 왔을 때 샤워를 강행하기로 결심했다.

나는 원래 씻는 속도가 느린 편이라, 샤워를 하려면 못해도 30분은 걸리는데 이때는 찬물을 피하기 위해 내 생에 최고 스피드를 장착한 채 마치 미션을 클리어 하기위한 영화배우의 마음으로 비장하게 욕실에 들어갔다. 뜨거운 물이 나오는 순간, 엄청난 속도로 푸다다닥 샤워를 하기 시작했다고 생각했지만 현실은 나무늘보. 15분 정도가 지나자 곧 찬물이 점점 나오기 시작했다. (아…앙대…!! 거꾸로 타는 애가 필요해…!)

나름 손놀림이 점점 더 다급 해지고 거품을 헹궈내 마지막 마무리만 남았다고 생각했을 때, 거짓말처럼 결국 온수가 돌아가셨다. (이제 가면 언제 오나)

난 ㄱr끔 ㅊrㄱ운 물로 샤워를 ㅎh… ㅊrㄱr운 물로 샤워ㅎr는 ㄴhㄱr 너무 싫ㄷr…

…조…좋은 샤워 였다…

결론: 유럽은 순간온수기를 쓰지 않는 곳이 많다. 샤워 전, 한 번씩은 보일러를 체크해 보는 것이 좋으며 만약 보일러에 +,-가 보이며 불빛이 들어오는게 육안으로 보인다면 그건 순간 온수기가 아니라 저장식 온수기일 확률이 매우 높다. (특히 이런 경우 보일러가 욕실 안, 눈으로 잘 보이는 곳에 설치 되어있음) 따라서 한국에서의 버릇을 그대로 사용한다면 그대는 냉수 목욕 확정^_^

나는 현지식이 먹고 싶다!

나는 여행을 시작하면 입에 맞지 않더라도 최대한 여행하는 나라의 사람들이 주로 먹는 음식을 경험하고 싶어서 간식으로 먹는 컵라면을 제외하고는 한식을 꺼리는 편이다. 이번 여행에서도 최대한 현지식을 즐기기 위해 많은 정보를 얻어 놓았건만… 그녀들도 그녀들 나름대로의 준비를 아주 철저히 해왔다.

김, 누룽지, 떡국 떡, 국물용 멸치, 깻잎장아찌, 장조림, 햇반, 라면, 고추장, 온갖 사탕류 등등… 도대체 음식을 얼마나 해 먹으려는 지 가방에 냉장고를 싸 들고 온 줄 알았다.

"엄마, 우리 아침밥만 숙소에서 해 먹고 점심 저녁은 사 먹고 들어 갈 텐데 뭘 이렇게 많이 싸왔어?"
"무슨 소리야? 이것도 모자란데!"

…여행 해 보니 왜 모자란지 알겠더이다…

그래도 엄마는 치즈나 피자 같은 음식들을 좋아하는 편이라 음식을 많이 가리지는 않았지만, 이모가 현지식에 거의 적응을 못하는 통에 점심이나 겨우 한끼 사 먹을 정도였고 나머지는 무조건 집에 들어와서 밥을 해 먹었어야 했다.

…저 파리에서 그 유명한 디저트 하나 제대로 못 먹어 봤구요… 이태리 파스타? 딱 두 번 먹어봤어요… 피자는 한 번 먹어봤습니다. 스테이크 먹으러 갔더니 고기가 덜 익어서 먹기 싫다… 그 유명하다던 비엔나 폭립… 젊은 애들이나 먹는 거 날 줬다고 욕만 배부르게 먹다 나왔습니다… (우리 옆에 앉은 외국인 노부부는 잘만 먹던데…)

시원한 맥주한잔에 폭립 먹으면 기가 막히다고 하니까 맥주는 취해서 먹기 싫대요. (파리에서는 와인 잘 만 먹더만, 말이야 방구야) 맛집 리스트 알아가면 뭐해? 어차피 누룽지나 끓여 먹을 거. (에잇, 꾸깃)

이렇다 보니 한국에서 가져간 음식이 금방 떨어져 버려서 우리는 매일 저녁, 마트를 내 집 들르듯 가야했다. (한인 마트를 발견하면 그날은 축제의 날, 김미 어 총객김취스)

그런데 사실 마트에서 장을 봐와서 밥을 해먹었기 때문에 식비가 어마어마하게 줄어든 장점이 있기도 하다.

파리를 기준으로 했을 때 한끼에 3인 기준으로 대략 60~80유로 정도가 드는데, 이걸 두 끼 씩 매일같이 사 먹었다면 아마 환전해간 돈이 금방 바닥 났을 것이다. 하지만 마트에서 장을 보면 많아야 20~30유로면 하루 종일 뭔가를 해먹을 수 있고 어떤 날에는 이틀을 꼬박 먹어도 재료가 남을 때도 있었다.

유럽은 특히 소고기 가격이 매우 저렴한데, 우리나라에서 못해도 2~3만원은 줘야 할 고기의 양이 이 곳에서는 7~8천원이면 살 수 있다. (한번은 피렌체 시장에서 소고기 1킬로를 15유로 주고 사서 3일 내내 먹은 적도 있다.) 또한, 햄이나 소시지 종류도 다양하니 야채를 사서 같이 먹으면 나름 별미이며, 과일 값도 저렴한 편이니 귤이나 사과, 포도 등도 많이 사서 먹어도 부담이 적다.

우리는 주로 아침으로 계란을 이용한 요리를 많이 해서 저렴한 한끼 식사를 때웠고 계란이 많이 남게 되면 전부 삶아서 여행 중간중간 간식으로 먹기도 했다. 만약 요리를 해먹지 못하는 상황이라면 시리얼과 우유만 사두어도 저렴한 가격에 아침을 해결할 수 있으니 돈을 아껴야 하는 상황이라면 종종 마트를 이용하는 것도 좋은 방법이다!

…그렇지. 좋은 방법인데…, 근데 일부러 유럽까지 왔는데… 이모님… 전 이제 한식 그만 먹고 싶습니다. 스테끼 썰고 싶어요. 바게트 뜯고 싶습니다. 제발 고추장 좀 그만 꺼내 와요…!! 악…!!!

주의할 점 마트에서 물을 살 때, 일반 생수는 겉 표면에 natural이라고 써 있으므로 잘 보고 사야한다.

만약 써 있지 않다면 보통 투명한 페트병에 들어 있는 게 생수다. (빛 모르고 파란색에 현혹되어 2L짜리 6개 묶음 사왔다가 물 마실 때 마다 식도의 길이를 알 수 있는 짜릿함을 느낌.)

숙소가 바뀌었다고요?!

　파리 도착 3일째였다. 굿뭘닝한 마음으로 일어나 핸드폰을 하던 중 메일 하나가 도착해 있던 것을 발견했었다. 장문의 영어에 당황하지 않~고 읽어보는데 내용은 집주인과의 문제로 내가 프라하에서 묵을 숙소가 없어졌으니 리셉션 장소로 찾아오라는 간단한 내용이었다. 하하하…

뭐어?! 숙소가 없어요?! 그럼 저는요? 유럽 거지가 되는 건가요? 엉엉, 내 살다 살다 이 또한 여행 중 처음 겪는 일이었다. 숙소가 증발하다니… (이놈의 여행은 결국 숙소까지도…)

'설마 이대로 까를교 밑에서 잠드는 건 아니겠지?' 온갖 잡생각으로 불안했지만, 일단 자세한 사항은 알 수 없으니 리셉션 장소를 찾아가기 위해 프라하역에 내린 후 짐을 끌고 걸어가기 시작했다.

　그나마 하늘은 푸르고 건물마다 인상적인 빨간 지붕이 마음의 안정을 가져다 주기는… 개뿔, 바닥이 돌길이야^_^.

가방 바퀴가 자꾸 헛돌아요. 헐크가 뒤에서 내 캐리어를 잡아당기나 봐요.

프라하 여행 갔다 온 사람들이 백이면 백 전부 이 돌바닥을 욕했는데, 나 또한 발을 내딛자 마자 단박에 이해 완료되었다. 이 돌바닥은 눈으로 볼 땐 굉장히 예쁘고 잘 다듬어져 있지만 짐을 끌고 걸으면 '아, 여기가 지옥길이구나'라는 걸 느낄 수 있다.

돌바닥 사이사이에 자꾸 바퀴는 들어갔다 나오고… 뒤에선 이모가 욕하는 소리가 들리고… 난 주저 앉고 싶고… 겨우 리셉션 찾아갔더니 건물에 엘리베이터가 없어서 28인치 캐리어를 2층까지 날라야 하고…, 잠깐만여, 눈에 땀 좀 닦고 가실게여.

리셉션 장소에 도착해보니, 관리자와 집 주인과의 문제로 내가 예약했던 숙소는 더 이상 빌려줄 수 없는 상황이 되었으나, 그래도 다행히 숙소 관리자의 빠른 대응으로 내가 예약했던 숙소와 비슷한 곳으로 다른 숙소를 대체해 주었고 우리는 점심을 먹은 후 소개해준 집으로 들어 갈 수 있었다.

비록 처음 생각했던 하얗고 따뜻해 보이는 넓은 집은 아니었지만… 괜찮아. 밖에서 신문지 깔고 자다 입 안 돌아 간 게 어디야. 비록 문이 뻑뻑해서 뜻대로 잘 안 열리지만… 괜찮아. 20분간 열쇠구멍 열심히 돌려 대니까 열어지더라. 비록 처음 생각한 위치보다 멀어져서 많이 걸어 다녀야 했지만… 괜찮아. 다리는 걸으라고 2개니까.

…근데, 저는 왜 자꾸 눈에서 땀이 나죠…?

결론: 긴 여행동안, 숙소를 많이 옮겨 다니게 되는 경우, 혹시라도 나처럼 숙소에 변수가 생길 수 있으니 꼭 메일로 상황 설명을 받을 수 있게 설정해 놓고, 숙소 체크인 1~2일 전에는 집주인에게 언제 도착하는지 알려주고 확답을 받도록 하자! (애초에 집 주인과 연락이 잘 되지 않는다면 그 숙소는 예약을 빨리 포기하는 것이 현명하다.)

그날은 비가 내렸어..

프라하에서 가장 해보고 싶었던 것 중 하나는 해지는 노을을 바라보며 까를교의 야경을 보는 것이었다. 숙소로 한바탕 시간을 쓴 나는 가볍게 시내를 구경하다가 시간 맞춰 까를교로 나가 볼 생각이었지만 마트에 가서 장을 보자는 엄마와 이모의 재촉에 시내구경은 해보지도 못하고 곧장 마트로 가게 되었다.

마트에 도착해서 필요한 재료들을 사고, 유명하다는 체코 와인도 한 병 사고, 맥주도 사고, 물도 여러 병 사고, 하다 보니 짐이 급격하게 늘어 돌아가는 길엔 택시를 탈까 했는데 숙소까지 100코루나도 안 나올 거리를 200코루나가 아니면 안 가겠다며 차문을 걸어 잠그고 버티는 택시기사 덕분에 결국 우리는 그 많은 짐을 들고 숙소에 걸어가게 되었다. (문 걸어 잠그고 200코루나 부르면 '예 알겠습니다.' 하고 탈 줄 알았나 보다 양아치들)

문제는 그렇게 걷다 보니 해가 점점 지기 시작했다는 것이다. 까를교에서 노을을 볼 수 있는 건 일정상 오늘만 가능한 거라 나는 마음이 다급해졌다. 급하게 엄마와 이모를 재촉해 숙소에 돌아왔지만 그녀들은 이미 탈진상태.
까를교 보러 가자고 아무리 다독여도 소용없었다.

"지금…! 빨리 나가야 볼 수 있어…!"
"너 혼자 갔다 오면 되잖아. 넌 왜 자꾸 우리랑 같이 뭘 하려고 해?"

…진짜 저 말 듣고 기분이 픽 상해버렸다. 뭘 안할거면 도대체 왜 비싼 돈 들여서 굳이 여기까지 왔대. 누구는 그 유명하다는 까를교 야경을 가장 예쁠 때 보여주고 싶어서 이러는 건데…!
나는 결국 엄마와 이모에게 벌컥 화를 내고 집을 나와버렸다. 그리고 혼자라도 야경을 볼 생각으로 얼른 까를교를 향해 달려갔다.

…근데 비가 오네…? 어휴, 이 겨울에 무슨 장대비가 이렇게나 내려…? 하필 우산도 없이 나와버려서 좍좍 쏟아지는

비를 맞고 까를교에 도착했을 땐 이미 해는 다 저버렸고, 사진이라도 남길까 싶어서 핸드폰으로 열심히 사진을 찍어보지만… 비 때문에 초점이 잡히지 않아요… 그냥 비만 보여요…

에라이. 결국 사진은 포기하고 맨눈 감상 모드에 돌입했으나 야속하게도 더욱 굵어지는 빗방울에 옷이 젖어 가기 시작했다. (여기 까지가 끝 인가 보오. 이제나는 돌아 서겠소.)

날씨는 별로 지만 그래도 저 멀리 보이는 프라하성의 불빛은 참 예쁘다고 생각하며 '이제 돌아 가야지'하고 까를교를 지나 신호등을 건너 골목에 진입했을 때, 거짓말처럼 비가 완전히 멈췄다. (…실화냐?!)

다시 돌아가서 구경할까 싶었지만, 그러기엔 먼 길을 돌아온 듯하여 결국, 구시가지 구경만 좀 더 하다가 터덜터덜 숙소로 돌아왔다.

숙소에 돌아와 저녁밥을 먹으며 나는 맥주 한 캔, 엄마와 이모는 체코 와인(이놈의 와인 오지게 무겁다고 들고 오는 내내 욕하더니 마시면서 안 사왔으면 큰일날 뻔했다고 갑자기 엄청 좋아함.)을 마시며 하루의 피로를 풀던 중 갑자기 두 분이 얼큰하게 취기가 올랐다.

"아이고오, 와인이 너무 맛있어서 기분이 너무 좋네! 야, 옷 입어라 야경 보러 나가자!"

…라? 아까 왜 자꾸 같이 뭘 하려고 하냐고 물었던 분이 누구 시더라? 야겨엉?! 이제 와서 무슨 야경 구경이야.

"아니, 아까는 야경 안 봐도 되니까 나 혼자 가라며. 난 지금 가기 싫어. 보고 싶으면 둘이 보고와."
"야, 우리가 너 없으면 돌아다니 지도 못하는데! 빨리 옷 입어. 나가자."

후…, 저 깊은 곳에서부터 엄청난 분노의 소용돌이가 올라오기 시작했다. 예, 그날 엄청 싸웠어요^_^.
저 대자로 뻗어서 엉엉 울었습니다. 효도하러 왔다가 의절할 뻔했지 뭐야. 휴우.

결론: 어른들 어느 장단에 맞춰줘야 하는건지 1도 모르겠어여… 여행은 친구와 함께.^_^

사랑은 립을 타고

보통 여행객들은 프라하성 구경을 끝내고 나면 수도원 양조장에 들러 맥주를 한 잔 하며 점심식사를 한다 길래, 우리도 수제 맥주도 맛보고 배도 채울 겸 양조장으로 이동했다.

점심시간에 맞춰 몰려든 사람들로 인해 우리는 다른 사람들이 앉아있는 자리에 자연스럽게 합석하게 되었고 맥주와 스프, 립 하나를 주문하고, 맞은편에 혼자 앉아 아무런 안주도 없이 맥주만 한 잔 먹던 젊은 남자를 괜히 신기해 하며 음식을 기다렸다.

곧 음식이 나오고 우리는 배가 고팠던 지라 아무 말도 없이 열심히 립을 뜯어 대기 시작했다. (우적우적)

사실 간단하게 먹고 나올 생각이었는데 갑자기 립에 필 받으신 엄마와 이모가 한 판 더를 외쳐서 얼른 재주문에 들어갔다.

"익스 큐즈 미~ 립 하나만 더 주세요"

"…하나 더???!!! 와우…!!"

하하하. 아저씨 그렇게 놀라실 건 또 뭐에요. 1인 1립 했으면 아주 기절 하셨겠어요. 쓰익.

그 와중에 맞은편 젊은 남자도 우리를 한 번 쳐다보더니 다시 맥주 한잔을 주문했다.

얼마 후 주문한 립이 나오고 우리는 다시 먹는 데에 집중하기 시작했는데 갑자기 엄마가 앞에 앉은 남자를 의식하기 시작했다. 나도 맥주만 먹는 사람 앞에서 우리가 너무 맛있게 음식을 먹는 건 가 싶어서 괜히 미안해지기 시작했다.

그리고 얼추 음식을 다 먹어갈 때쯤,

"야, 쟤가 너 맘에 들었나 봐. 너 밥 먹는 속도에 맞춰서 말 걸어보려고 했는데 우리가 립하나 더 시키는 바람에 얼굴 시뻘건데 일부러 맥주 하나 더 시킨 거 아니야?"

엄마와 내가 시덥잖은 농담을 주고받으며 상상 속 소개팅을 진행시키며 웃느라 정신 없는 사이, 갑자기 맞은편의 남자가 일어났다. 그리고 내 눈을 바라보며 스윗한 미소와 함께,

"굿바이."

분명 밖에는 눈이 내리는데 어디서 꽃향기가 나는 듯했다.
(여기가 봄이로 구나.) 아아… 굿바이… 굿바이 라고 했다.
그 큰 테이블에 나만 앉아있는 게 아니었는데 나만 바라보
며 '굿바이' 라고 해주었다. 굿바이… (예의상 해준 말이었겠지
만… 알게 뭐야. 내가 이미 설렜는데)

립 하나에 사랑과
립 하나에 추억과
립 하나에 어머니

그대… 사실 나 그대가 찍힌 사진이 한 장 있어… 가끔 꺼내
추억해… 아디오스. 우리의 인연.

결론: 식당에선 앞에 앉은 남자를 잘 살펴보자. 눈치 없이 립
2개 먹지 말자.

결국 나도 당했다

　드디어 집으로 돌아가는 마지막날 아침이 밝았다.

씻기 위해 침대에서 일어나 탁자에 올려 둔 안경을 들어서 썼는데 평소와는 느낌이 이상했다. 렌즈가 눈에 너무 가까워진 느낌…? 이상한 기분에 안경을 벗어 살펴보고 다시 쓰려는 순간 똑! 부러졌다. …정확하게 반절로 부러졌다. (난다, 냄새가, 불운 냄새. 쿵쿵)

하하하하하. 이 안경으로 말할 것 같으면 티타늄 소재로 만들어져 아무리 깔아 뭉갠다 해도 절 대! 휘어지지 않는 튼튼한 소재라 해서 내가 눈물을 머금고 엄청난 거금을 들여 산 안경인데! …이게 왜 지금 부러져…? (하항, 덕분에 아침부터 눈 뜬 장님^_^)

일단 비행기는 제시간에 타러 가야 했으므로 울면서 대일밴드의 접착부분을 오리고 붙여 간신히 고정만 시켜 둔 다음 호텔을 빠져나왔다.

파리의 공항은 총 3군데로 나뉘어져 있는데 우리가 있는 위치에서 비행기를 타려는 곳까지 가려면 공항 내 셔틀 지하철을 타야 했다. 여유롭게 갈 수 있을 줄 알았는데 생각보다 이용하려는 사람이 많아 서로 밀착된 채로 가야 했고 그나마 나와 엄마 사이에 공간이 생겨 그 틈으로 어떤 외국인이 자리를 잡았다.

셔틀 지하철은 곧바로 다음 터미널로 넘어가는 게 아니라 중간에 한번씩 주차장에서 내려주는데, 엄마와 내 사이에 있던 외국인이 주차장에 도착하자 갑자기 허겁지겁 뛰어나가기 시작했다. '왜 저러지…?'하는 생각과 함께 다음 터미널에서 내려 짐을 챙기고 올라가는 순간 엄마의 입에서 '어?!' 하는 소리가 터져 나왔다. (왜 슬픈 예감은 틀린 적이 없나…)

소매치기였다. 엄마와 내 사이에 비집고 서있던 사람이 돈을 훔쳐 급하게 달아난 것이었다. 너무 황당한 것은 엄마는 작은 가방을 앞으로 메고 있었고 심지어 돈을 넣어둔 봉투를 2단으로 접어지는 지갑안에 두었는데 순식간에 정확히 가방과 지갑을 열어 딱 그 봉투만 빼 간 것이었다. 정말 순식간이어서 엄마는 돈을 가져간다는 느낌 조차도 몰랐었다.

안타까운 건 우리는 여행 내내 돈을 분산해서 따로따로 들고 다녔는 데 이번에만 면세점에 들를 생각으로 남은 돈을 전부 한곳에 모아 봉투에 넣어 두었는데 하필 그 돈을 몽땅 빼앗긴 것이다. 여행 내내 그렇게 철저하게 가방 간수를 했건만, 결국 마지막날 긴장의 끈을 놓았던 단 한번에 모든 게 털려버렸다.

"낭만의 도시 파리?! 낭만?! 낭만은 얼어 죽을…!! 내 돈 훔쳐간 놈은 평생 내 근심 걱정도 다 가져가라! 에라이, 퉤퉤!!"

이미 돈 들고 도망쳐버린 사람을 붙잡아 올 수도 없고… 분에 찬 엄마의 외침과 아침부터 맥없이 부러져버린 안경을 품에 들고 우리는 그렇게 돈도 잃고, 눈도 잃은 채 서울에 돌아왔다. (이럴 줄 알았으면 전날 체코공항에서 위스키라도 한 병 살 걸… 엉엉)

이렇게 마지막까지 다사다난했던 나의 유럽여행기는 마침내 정말로 끝이 났다.

~~주의할 점~~ 유럽은 정말 정말! 소매치기가 극심한 곳이다. 그만큼 소매치기 수법도 정말 다양한데, 내가 유럽에 간다 하니, 친구들이 가장 먼저 해줬던 얘기는,

"파리에서 누가 너 예쁘다면서 꽃 주잖아? 받지마. 그거 너 진짜 예뻐서 주는 거 아니다. 받는 순간 돈이다."

"누가 갑자기 네 손이 예쁘다면서 팔찌 채워 주잖아? 응, 그럼 그거 바로 돈 줘야돼."

"갑자기 어린 아이들이 여러 명 다가와서 뭐 사인 해 달라고 하잖아? 너 사인하는 동안 가방 털려 있을 거야. 그냥 무시해."

"피렌체 가잖아? 막 바닥에 그림 같은 거 널부러져 있거든? 근처에 가지마. 너 가는 방향으로 갑자기 그림 던지면서 너가 밟잖아? 지가 던져 놓고 너한테 물어내라고 소리지른다."

"또, 누가 와서 너랑 같이 사진 찍자 하면 찍어 주지마. 초상권 타령하면서 돈 달라고 쫓아와."

이렇듯 단순 소매치기와 더불어 어마어마한 방법으로 여행객의 돈을 뜯어내는 곳이 유럽이다.

나도 여행 중에 어떤 한국인 아저씨들 무리가 있는 곳을 지나간 적 있는데 '설마 여행 첫날부터 내가 털릴 거라고 생각이나 해 봤겠어?' 하는 말을 들은 적이 있다. 아마 그 아저씨도 방심한 찰나에 돈을 잃은 듯했다.

그 말을 들은 후 혹시나 해서 엄마와 이모에게 조심 또 조심을 상기시켜주며 다녔었다.

소지품 관리에 대해 몇 가지 알려주자면,

가방 같은 경우는 무조건 앞으로 메야 한다. 유럽에서는 가방을 뒤로 두면 너의 것, 옆으로 메면 너와 나의 것, 앞으로 메야 나의 것이라는 말이 있을 정도라고 한다.

앞으로 맸는데도 불안하다 싶으면 옷핀으로 지퍼부분을 묶어 두면 된다. 가방 같은 경우는 절대 뺏기지 않겠다는 마음으로 철저히 간수하면 털릴 일은 없다.

핸드폰의 경우는 삼각대나 셀카봉은 이용하지 않는 걸 추천한다. 사진 찍느라 잠깐 방심하는 틈에 사라질 수도 있다. 뭐든지 다 있다는 마트에 가면 손목에 팔찌처럼 채우는 핸드폰 고리가 있는데 그거 하나 사서 채우고 다니는 것도 좋다.

그리고 제발 식당에서 핸드폰 식탁위에 얌전히 올려 두지 마라. 순식간에 사라지는 경험을 할 것이다.

아무것도 분실하지 않은 채 여행을 하는 것이 가장 좋지만, 만약에 뭐 하나라도 잃어버리게 된다면 여행 내내 마음이 안 좋기 때문에 특히 돈이나 핸드폰은 본인이 철저히 챙겨야 한다. 아무리 소매치기범이 많다고 해도 내가 두 눈 부릅뜨고 관리하면 절대 훔쳐가지 않는다.

그러나 단 한순간의 방심이 끔찍한 상황을 불러올 수 있기 때문에 마지막까지 긴장의 끈을 놓지 않도록 하자!

여행을

마치며

마무리하며

어쩌면 이 책을 읽고 나서 '그래서 여행을 가지 말라는 건가…?'하는 생각이 들 수도 있다.
이 책은 결코 여행을 가지 말라는 것이 아니라, 나 같이 처음부터 끝까지 불운만 달고 다닌 사람도 큰 문제없이 여행을 잘 마무리 지었으니, 두려움을 떨쳐내고 꼭 한 번 떠나보기를 추천하려는 것이다.

사실 이번 여행은, 늘 친구들과 가던 여행과는 다르게 아무것도 할 줄 모르는 두 어른을 데리고 오로지 나 혼자 모든 시련을 견뎌내야 했기에 나에게는 힘들었던 여행이었다.
여행 코스를 직접 짜고, 기차표 한 장, 한 장 직접 외국 사이트에 들어가 사고, 여행도중 일어나는 갑작스러운 사고에 혼자 대처하는 등 누구에게도 도움을 요청 하지도 못하는 상황에서 엄마와 이모는 나만 바라보고 있고… 참 답답한

심정이었다.

그래서 여행 중간 중간, '내가 다시는 어른들하고 여행 하나 봐라!'하는 불만스러운 마음이 가득 했었다.

그렇지만 인간은 망각의 동물이라고, 정작 여행을 끝마치고 집으로 돌아오니 돌아다니며 고생하고, 싸우고 다퉜던 그 모든 순간들마저 재미있는 추억거리로 남아 오히려 좋은 경험으로 탈바꿈되어 나쁜 감정들은 기억에 남아 있지 않았다.

또한, 어떤 사건이 벌어졌을 때 그 일을 수습하면서 '아, 내가 이런 일도 할 수 있네?'하는 생각이 들면서 여행이라는 것이 꼭 재미만 추구하기 위한 것이 아니라 나 스스로도 한 단계 발전할 수 있을 것이라는 생각이 들기도 했다.

지금, 혹시라도 여행을 갈까 말까 고민하고 있다면 주저 말고 떠날 것을 추천하며, 한번쯤은 친구들 보다는 가족과 함께 자유여행을 떠나보는 것을 추천한다. (한 번 쯤 은)

또한, 책에 나와있는 정보가 누군가에게는 조금이나마 도움이 되기를 바라며, 혹여 내가 겪었던 비슷한 사건들이 일어난다면 절대 당황하지 말고 침착하게 대처하기를 바라는 마음에서 이 책을 쓰게 되었다.

여행하는 모든 이들에게는 행운만 있기를 바라며, (불운은 내가 모두 낚낚) 이상으로 나의 대환장 유럽여행기를 마친다.